ULLSTEIN

Das Buch

Jessica ist kein gewöhnlicher Teenager. Sie ist Autorin. Unter dem Pseudonym Ash Night hat sie einen Vampirroman geschrieben, der soeben veröffentlicht wurde. Aber in ihrer Highschool ist sie eine Außenseiterin; oft wünscht sie sich, sie würde sich mit ihren Mitschülern ebenso gut verstehen wie mit den Vampiren und Hexen, über die sie schreibt. Da kommen zwei Neue in ihre Klasse und beide bemühen sich um Jessicas Aufmerksamkeit: Caryn, mit deren Freundlichkeit Jessica allerdings so gar nichts anfangen kann, und Alex, ein hübscher, mysteriöser Junge, zu dem sie sich sofort hingezogen fühlt und der ihr seltsam vertraut vorkommt. Wenn sie es nicht besser wüsste, würde sie glauben, der Vampir Aubrey aus ihrem Roman hätte Gestalt angenommen. Aber das ist natürlich Unsinn – oder etwa doch nicht? Jessica stehen schwere, bedrohliche Zeiten bevor; sie wird sich zwischen den Mächten des Guten und des Bösen wiederfinden, sie wird kämpfen müssen – und sie wird ein Geheimnis erfahren, das sie sich nicht einmal in ihren kühnsten Träumen hätte vorstellen können ...

Die Autorin

Amelia Atwater-Rhodes, 1984 geboren, schrieb *Die Nacht der Dämonen* mit nur fünfzehn Jahren. Das junge Talent, das in den USA bereits in einem Atemzug mit Anne Rice genannt wird, arbeitet bereits an ihrem nächsten Roman. Amelia Atwater-Rhodes lebt in Concord, Massachusetts.

In unserem Hause ist von Amelia Atwater-Rhodes außerdem erschienen:

In den Wäldern tiefer Nacht

Amelia Atwater-Rhodes

Die Nacht der Dämonen

Roman

Aus dem Englischen
von Alexandra Witjes

Ullstein

Ullstein Taschenbuchverlag
Der Ullstein Taschenbuchverlag ist ein Unternehmen der
Econ Ullstein List Verlag GmbH & Co. KG, München
Deutsche Erstausgabe
1. Auflage 2002
© 2002 für die deutsche Ausgabe by
Econ Ullstein List Verlag GmbH & Co. KG, München
© 2000 by Amelia Atwater-Rhodes
Titel der englischen Originalausgabe: Demon in My View
(Delacorte Press, New York)
Übersetzung: Alexandra Witjes
Wir bedanken uns beim Patmos Verlagshaus, Düsseldorf,
für die freundliche Genehmigung zum Abdruck des Gedichts
»Allein« von Edgar Allan Poe (Übersetzung von Theodor Etzel,
in: Edgar Allan Poe: Gedichte, Essays, München 1966).
© Patmos Verlag GmbH & Co. KG, Artemis & Winkler Verlag, Düsseldorf
Redaktion: Angela Troni
Umschlaggestaltung: Thomas Jarzina, Köln
Titelabbildung: zefa, Düsseldorf
Gesetzt aus der Sabon
Satz: hanseatenSatz-bremen, Bremen
Druck und Bindearbeiten: Ebner & Spiegel, Ulm
Printed in Germany
ISBN 3-548-25413-6

Danksagung

JESSICA GUENTHER GEWIDMET, die mir in schwierigen Zeiten immer eine echte Stütze und Inspirationsquelle ist – und eine von Aubreys größten Bewunderern.

Außerdem danke ich allen, die mir geholfen haben: Sarah Lancaster, Sara Keleher, Andrea Brodeur und Carolyn Barnes für ihre Unterstützung und Freundschaft, meiner Schwester Rachel für die vielen Stunden, in denen sie für mich Gedichte durchgesehen hat, Rick Ballard und Steve Wengrovitz für ihre Hilfe beim Lektorieren und Natasha Rorrer und Nathan Plummer dafür, dass sie sich geduldig mein Jammern angehört und Vorschläge gemacht haben. Auch danke ich allen, die ich vergessen habe. Ich hätte es nicht ohne Euch geschafft.

Allein

Von klein an ging ich eigne Bahn;
Ich sah nicht so, wie andre sahn;
Was mich ergriff zu Lust und Pein,
Das musste ungewöhnlich sein;
Ich schöpfte Leid aus anderm Quell;
Und klang mein Herz in Freude hell,
War's Klang, den nie ein andres gibt;
Ich liebte, was nur *ich* geliebt.

Und damals stieg – da ich noch jung,
In wilden Gärens Dämmerung –
Das Rätsel, das ich niemals löse,
Aus jedem tiefen Gut und Böse:
Aus Wildbach oder sanfter Quelle,
Aus eisenrotem Felsgefälle,
Aus Sonneball, der mich umkreiste
Und grell wie leuchtend Herbstgold gleißte,
Aus Blitzes schmetterndem Donnerflug,
Der jäh vom Himmel niederschlug,
Aus Sturmwinds tollstem Orgelstück
Und aus der Wolke, draus mein Blick,
Wenn sonst auch rings der Himmel lachte,
Eines Dämons dunkele Formen machte.

Edgar Allan Poe

Prolog

Die Nacht ist voller Mysterien. Selbst wenn der Mond am hellsten scheint, liegen überall Geheimnisse verborgen. Dann geht die Sonne auf und ihre Strahlen werfen so viele Schatten, dass der Tag noch mehr Trugbilder erschafft als die ganzen verschleierten Wahrheiten der Nacht.

Ich habe einen großen Teil meines Daseins in diesen Trugbildern verbracht, aber ich habe nie dazugehört. Vor meiner Geburt habe ich zu lange in dem Reich zwischen dem Nichts und dem Leben existiert und auch jetzt flüstert die Nacht mir zu. Eine feste Schnur fesselt mich an die dunkle Seite der Welt und hält mich fern vom Licht.

1

Der Radiowecker riss Jessica unsanft aus der dunklen Leere des Schlafs, als ihr die schrille Stimme eines Sängers durch Mark und Bein fuhr. Sie stöhnte, schlug rabiat auf den Wecker ein, bis er verstummte, und tastete dann blindlings nach dem Lichtschalter. Der trübe Schein ihrer roten Lavalampe bot ihr gerade genug Licht, um die Zeit ablesen zu können.

Sieben Uhr. Die roten Ziffern leuchteten ihr sadistisch entgegen und Jessica fluchte. Wieder nur zwei Stunden Schlaf. Es war ein Wunder, dass es ihr überhaupt gelang, in der wachen Welt zu überleben, aber sie schleppte sich in die Dusche, wo der kalte Wasserstrahl vollendete, was der Wecker begonnen hatte.

Nur noch einhundertachtzig Schultage, dachte Jessica, während sie sich auf den ersten Unterrichtstag des Abschlussjahres in der Highschool vorbereitete. Sie hatte kaum genug Zeit, sich anzuziehen, bevor sie sich den Rucksack über die Schultern werfen und die Straße hinunterrennen musste, um den Bus noch zu erwischen. Frühstück? Ein flüchtiger Traum.

Die Ramsa Highschool. Was für eine perfekte kleine Nische der Hölle, dachte sie, während der Bus vor dem

Schulgelände hielt. *In einem Jahr wirst du für immer von hier verschwinden können.* Diese Tatsache war das Einzige, was Jessica dazu gebracht hatte, am Morgen einen Fuß aus dem Bett zu setzen: Wenn sie das Abschlussjahr überstand, musste sie sich nie mehr in die Klauen der Ramsa High begeben.

Sie lebte in Ramsa, seit sie zwölf war, und hatte schon vor langer Zeit begriffen, dass ihre Mitschüler sie nie akzeptieren würden. Zwar traten ihr nur wenige offen feindselig gegenüber, aber man konnte auch keinen von ihnen als freundlich oder entgegenkommend bezeichnen.

Als sie sich dem Schulgebäude näherte, war sich Jessica mehr als deutlich bewusst, wie viele ihrer Mitschüler in Gruppen zusammenstanden. Sie kannte die meisten von ihnen seit fünf Jahren, aber das schien keine Rolle zu spielen, als sie ohne ein Wort an ihr vorbeigingen. Sie beobachtete sogar, wie zwei Mädchen sie bemerkten, miteinander flüsterten und sich dann still zurückzogen, so als wäre Jessica irgendwie gefährlich.

Ein Junge aus der Oberstufe, den Jessica seit ihrem ersten Tag in der Highschool kannte, bekreuzigte sich sogar, als er sie erblickte. Sie spielte mit dem Gedanken, in satanische Gesänge auszubrechen, um ihm Angst zu machen. Er hatte vor langer Zeit entschieden, dass sie eine Hexe sein musste, und sie hatte keine Ahnung, warum. Manchmal, wenn sie in boshafter Stimmung oder einfach gelangweilt war, bestärkte sie ihn in seinem Glauben.

In gewisser Weise hatte der Gedanke etwas Komisches. Die einzigen Hexen, die sie kannte, lebten ausschließlich in der geschlossenen Welt der Romane, die sie seit ein paar Jahren schrieb. Eine ihrer Fantasie-Hexen könnte direkt vor den Augen dieses Idioten vorbeilaufen und er würde sie im Leben nicht als solche erkennen. Jessicas Hexen waren im Allgemeinen ziemlich menschlich, was ihr Aussehen und ihr Verhalten betraf.

Noch komischer war allerdings die Tatsache, dass ihr alter Feind das Buch *Tiger, Tiger* von Ash Night in den Händen hielt. Jessica fragte sich, wie er wohl auf die Nachricht reagieren mochte, dass ein Teil des Geldes, das er für das Buch bezahlt hatte, in Kürze auf ihrem Konto eintreffen würde.

Jessica hatte vor mehreren Jahren die Idee zu *Tiger, Tiger* gehabt, als sie und Anne einen von Annes alten Freunden in Concord, Massachusetts, besucht hatten. Sie hatte fast das gesamte Wochenende hinter verschlossener Tür in ihrem Zimmer verbracht und diese arbeitsreichen Stunden hatten sich schließlich bezahlt gemacht.

Im Klassenzimmer saß Jessica wie immer allein in der letzten Reihe. In Gedanken versunken, wartete sie darauf, dass die Anwesenheitsliste abgehakt wurde. Die Lehrerin war eine junge Frau, die Jessica noch nie gesehen hatte; ihr Name stand an der Tafel und hatte unter einigen der Schüler Gekicher hervorgerufen. Kate Katherine, Lehrerin an der Highschool, musste geistig umnachtete Eltern gehabt haben. Andererseits war ihr Name wahrscheinlich einfacher zu behalten als Jessica Ashley Allodola.

»Jessica Allodola?«, sagte Mrs Katherine, als wären Jessicas Gedanken ihr Stichwort gewesen.

»Hier«, antwortete Jessica abwesend. Die Lehrerin hakte ihren Namen in der Liste ab und rief den nächsten auf.

Die Worte ihrer Adoptivmutter Anne hallten in Jessicas Gedanken wieder.

»*Morgen ist der erste Schultag des Abschlussjahres, Jessie. Könntest du bitte wenigstens versuchen, nicht zum Direktor zitiert zu werden? Nur dieses eine Mal?*«

»*Nenn mich nicht Jessie*«, hatte sie nur geantwortet.

»*Versuch es wenigstens, Jessica*«, hatte Anne gebeten. »*Für mich, ja?*«

»*Du bist nicht meine Mutter. Also sag mir nicht, was ich zu tun habe.*«

»*Ich bin das Mutterähnlichste, was du hast!*«, hatte Anne geschimpft, als sie die Geduld verlor.

Die Bemerkung hatte sie getroffen und Jessica hatte mit einer gemurmelten Antwort das Zimmer verlassen. »*Meine richtige Mutter war klug genug, mich schon früh loszuwerden.*«

Mit einem Ruck kehrte sie zurück in die Gegenwart und fragte sich bitter, ob Anne es als Pech betrachtete, dass sie ausgerechnet Jessica als Adoptivtochter bekommen hatte. Dann riss sie sich von ihren Gedanken los, als ein hübsches Mädchen mit kastanienbraunen Haaren zögernd das Klassenzimmer betrat.

»Tut mir Leid, dass ich zu spät komme«, sagte das Mädchen. »Ich bin neu hier in der Schule und habe mich verlaufen.« Sie stellte sich als Caryn Rashida vor. Mrs

Katherine nickte, als sie ihren Namen auf der Liste entdeckte.

Caryn blickte sich nach einem freien Platz um; neben Jessica war natürlich einer frei. Aber als das Mädchen sie sah, zögerte es, als wollte es sich lieber woanders hinsetzen. Jessica war nicht überrascht. Die Einwohner von Ramsa schreckten alle beinahe unbewusst vor ihr zurück.

Wie auch immer, Caryn traf eine Entscheidung und durchquerte entschlossen den Raum. Sie streckte eine Hand aus und sagte: »Hi. Ich bin Caryn Rashida.« Dabei stolperte sie ein bisschen über ihren eigenen Nachnamen. »Warum sitzt du hier ganz allein?«

»Weil ich es so will«, antwortete Jessica kühl, während sie mit ihren smaragdgrünen Augen in Caryns blassblaue sah. Caryn hielt dem Blick einen Moment länger stand, als es die meisten Leute vermochten, aber dann blickte sie zur Seite.

Jessica hatte das Unbehagen des Mädchens und seine Entscheidung, sich trotzdem Mühe zu geben, mit Abscheu registriert. Sie verspürte nicht das geringste Verlangen, wie ein obdachloses Kind unter Caryns Fittiche genommen zu werden. Mit Abneigung konnte sie umgehen, Mitleid hingegen konnte sie nicht ertragen.

»Hättest du nicht lieber ein bisschen Gesellschaft?«, fragte Caryn mit gedämpfter Stimme, aber nicht weniger freundlich.

Jessica ignorierte den Versuch des Mädchens, sich mit ihr zu unterhalten, nahm einen Bleistift aus ihrer Tasche und begann zu zeichnen.

»Na, dann ... also, ich lasse dich wohl lieber allein«, sagte Caryn leise und ging zu einem anderen Tisch. Jessica zeichnete weiter und ignorierte das Mädchen ebenso wie die Lehrerin, die gerade etwas über die Zuteilung der Spinde herunterleierte.

Mrs Katherine bat die neue Mitschülerin, bei der Verteilung der Zahlenschlösser zu helfen, und nachdem Caryn damit fertig war, blieb sie einen Moment an Jessicas Tisch stehen. Jessica fragte sich grimmig, wieso das Mädchen so hartnäckig war.

»Ich habe noch nie begriffen, wie man diese Teile benutzt«, murmelte Caryn, während sie an ihrem Schloss herumfummelte. Sie drehte die Scheibe mit den Nummern ein dutzend Mal, jedoch ohne Erfolg. »Vielleicht ist es kaputt ... Willst du es mal versuchen?«

Jessica riss Caryn das Schloss aus der Hand und hatte es in Sekundenschnelle geöffnet. »Ich hoffe nur, dass du deinen Spind dieses Jahr nicht allzu oft brauchst.«

»Wie funktionieren diese Dinger bloß?« Caryn lachte fröhlich über sich selbst.

»Das musst du schon selbst herausfinden.« Jessica ließ das Schloss einschnappen und warf es zu Caryn zurück.

»Was habe ich dir nur getan?«, fragte das Mädchen, schließlich doch von der ablehnenden Haltung entmutigt, und Jessica wäre nicht überrascht gewesen, wenn sie Tränen in seinen Augen entdeckt hätte. »Warum bist du so gemein zu mir?«

»So bin ich halt«, schnappte Jessica, schlug ihr Heft zu und packte es in ihre Tasche. »Du gewöhnst dich besser gleich daran.«

Sie drehte Caryn demonstrativ den Rücken zu, als Mrs Katherine die Klasse zu den Spinden führte. Das Mädchen unternahm den Rest des Tages keinen Versuch mehr, mit ihr zu reden. Auch sonst tat es niemand; außer der Ankunft von Caryn hatte sich nichts geändert.

2

»Wie war dein erster Schultag?«, fragte Caryns Mutter, sobald das Mädchen die Küche betreten hatte.

Caryns Mutter, Hasana Rashida, war eine etwas füllige, attraktive Frau mit dunkelbraunen Haaren, die trotz des kurzen, strengen Haarschnitts ihrem Gesicht schmeichelten. Sie war sichtlich müde von ihrem Tag in der Buchhandlung, deren neue Leiterin sie war, deshalb beschloss Caryn, sie nicht mit den Details der eisigen Abfuhr zu belasten, die sie am Morgen erhalten hatte.

»Er hätte schlimmer sein können«, sagte sie stattdessen, während sie sich einen Löffel aus der Besteckschublade fischte, um sich eine Portion Eiscreme zu holen.

Der Gedanke an Jessica machte sie beklommen. Irgendetwas in der Aura des Mädchen konnte sie nicht identifizieren – etwas Dunkleres als gewöhnlich. Zuerst hätte es Caryn beinahe davon abgehalten, sich Jessica zu nähern. Nach nur einem Tag war ihr klar, dass es auch die anderen Schüler von der Eigenbrötlerin fern hielt.

Natürlich war das nur logisch. Caryn hielte sich nicht in dieser Stadt auf, wenn Jessica eine normale Oberstufenschülerin gewesen wäre.

Sie hatte trotz des mulmigen Gefühls versucht, das

seltsame Mädchen kennen zu lernen, nicht einmal so sehr, weil sie darum gebeten worden war, sondern weil Jessica so einsam gewirkt hatte.

Diese Gedanken erinnerten sie an etwas anderes. »Wo ist Dominique?«, fragte sie.

Hasana seufzte. »Sie ist weggefahren, um irgendwelche Schwierigkeiten zu regeln, in die ihre Töchter geraten sind, aber sie sollte bald zurück sein.«

Dominique Vida zählte zu den wenigen Menschen, die Caryn schon einen kalten Schauer den Rücken hinunterjagten, wenn sie nur das Zimmer betraten. Sie war die Anführerin der ältesten noch existierenden Hexen-Ahnenreihe und besaß beeindruckend viel Macht. Sie war auch diejenige, die Jessicas Adresse herausbekommen und Caryn und Hasana in diese Stadt geführt hatte, wo sie ihnen in weniger als zwei Wochen ein Haus und Hasana eine Stelle besorgt hatte.

Entweder trotz oder gerade wegen dieser Macht war diese Dominique, was Gefühle anbetraf, in fast jeder Situation kalt wie Eis. Das musste sie auch sein: Dominique Vida war eine Vampirjägerin. Sie konnte es ihren Gefühlen nicht erlauben, sie in einem Kampf zu behindern.

Wenn jemand anders Caryn gebeten hätte, in diese Stadt zu ziehen, in der sie vor lauter Vampir-Auren kaum atmen konnte, hätte sie sich geweigert. Aber Dominique war die Anführerin aller vier Blutlinien – Caryns eigene, die Familie Smoke, eingeschlossen.

Die Jägerin konnte Caryn befehlen, allein ein Vampirnest zu betreten, und das Mädchen müsste es entweder tun oder verlöre seinen Titel als Hexe. So unsozial Jessica auch zu sein schien, es sah zumindest nicht so aus, als wäre sie gefährlich.

Hasana, die denselben Gedankengang verfolgt hatte wie ihre Tochter, fragte: »Bist du Jessica begegnet?«

»Ja. Sie hat mich gleich auf den ersten Blick gehasst«, antwortete Caryn düster. »Und wenn man sieht, wie die anderen sie behandeln, ist das auch nicht überraschend.«

Es hatte Caryn geschockt, wie Jessicas Klassenkameraden sie offensichtlich sahen – als wäre sie eine giftige Spinne. Einer von ihnen, ein sportlicher Schüler im Abschlussjahr, der noch ein paar Minuten vorher mit ihr geflirtet hatte, hatte Jessica als Hexe bezeichnet. Caryn war so verletzt durch seine Worte, dass sie eine scharfe Entgegnung herunterschlucken musste; Jessica war weiter davon entfernt, eine Hexe zu sein, als der Junge, der sie dessen beschuldigt hatte.

Caryn blickte auf die Eiscreme in ihrer Schüssel. Ihr war der Appetit vergangen. Das Eis war schon halb geschmolzen.

3

ANNE MACHTE JESSICA Vorhaltungen, sobald sie durch die Tür trat. »Du kommst zu spät.«

»'tschuldigung«, antwortete das Mädchen höhnisch. »Die lieben mich eben so sehr, dass sie mich gebeten haben, länger zu bleiben.«

»Jessica ... gleich am ersten Schultag?« Die Enttäuschung war Annes Stimme deutlich anzumerken.

»Schon mal was von Sarkasmus gehört?«, spottete Jessica. »Ich musste überschüssige Energie loswerden, deshalb habe ich einen Umweg durch den Wald gemacht, bevor ich nach Hause gekommen bin.«

»Gott sei Dank.« Anne lächelte und begann, die Formulare auszufüllen, welche die Schule mit der Post geschickt hatte. Einen Moment lang herrschte angespanntes Schweigen.

»Ist etwas Interessantes in der Schule passiert?«, fragte Anne schließlich, obwohl Jessica ihr ansah, dass sie mit ihren Gedanken nicht bei der Frage war.

»Nein«, antwortete Jessica daher abwesend, während sie in ihrer Tasche nach einem Brief suchte, den einer der Lehrer ihr für ihre Eltern mitgegeben hatte. Sie reichte Anne den Umschlag.

Nachdem ihre Adoptivmutter ihn gelesen hatte, fragte sie: »Wie sind deine Lehrer denn so?«

»Sie sind in Ordnung.«

»Freut mich.«

Wie üblich unterhielten sie sich eher aus obligatorischem Zwang als aus echtem Interesse aneinander. Anne und Jessica hatten schon vor langer Zeit erkannt, dass sie nichts gemeinsam und kaum eine Chance hatten, jemals ein richtiges Gespräch über irgendetwas zu führen. Manchmal kam es vor, dass die eine der anderen tatsächlich zuhörte, aber diese Gelegenheiten endeten meist in einem Streit.

Wieder schwiegen sie einen Augenblick.

»Ich gehe dann mal auf mein Zimmer«, verkündete Jessica schließlich. Sie ließ ihren Rucksack auf dem Sofa liegen und schlurfte nach oben in die schummrige Höhle, die sie sich geschaffen hatte.

Die Fenster waren mit schweren, schwarzen Vorhängen verdeckt und die Rollos waren heruntergelassen. Unter dem Saum der Vorhänge drängte sich ein schmaler Lichtstrahl ins Zimmer, aber das war auch schon alles.

Das Bett, das nicht viel mehr als eine Matratze auf einem Rost mit vier Rollen war, stand in einer Ecke. Die Laken und die Decke waren genauso schwarz wie alles andere auf dem Bett, bis auf eine einzige Ausnahme. Eines der Kissen war dunkelviolett und aus imitiertem Wildleder. Anne hatte es vor Jahren für Jessica gekauft, als sie noch geglaubt hatte, sie könne den Geschmack des Mädchens beeinflussen. Außer dem Kissen und Jessicas tiefroter Lavalampe gab es kaum etwas in dem Raum, das nicht schwarz war.

Einzig ihr Laptop und der Drucker zeichneten sich hell vor diesem dunklen Hintergrund ab. Beides stand auf einem Schreibtisch aus schwarzem Holz, daneben eine ganze Reihe verstreuter Disketten. Der Computer gehörte zu den wenigen Dingen, die Jessica etwas bedeuteten. Hier, in ihrer dunklen, selbst erschaffenen Nische, verfasste sie am laufenden Band die Romane, in die sie sich seit ihrem Umzug nach Ramsa zurückzog, um aus der Realität zu flüchten.

Die neunundzwanzig Manuskripte, die sie in den letzten fünf Jahren geschrieben hatte, die Verlagsverträge für zwei ihrer Werke in den braunen Umschlägen und einige Exemplare von *Tiger, Tiger* zählten ebenfalls zu den wenigen Dingen in dem Zimmer, die nicht schwarz waren.

Es war erst zwei Jahre her, seit sie begonnen hatte, nach einem Verlag zu suchen. Sie konnte kaum glauben, wie sehr sich die Ereignisse seitdem überschlagen hatten. Ihr erstes Buch, *Tiger, Tiger,* war vor etwa einer Woche unter ihrem Pseudonym Ash Night erschienen. Das Zweite, *Dunkle Flamme,* lag zurzeit zur Prüfung auf dem Schreibtisch ihrer Lektorin.

Jessica ließ sich aufs Bett fallen und betrachtete die Decke. Manchmal kamen ihr die Ideen zu ihren Büchern, wenn sie so dalag und ins Nichts starrte, aber meist entstanden sie aus ihren Träumen.

Auch wenn sie schrieb, fühlte sie sich wie in einem Traum – und zwar in einem, den ihr waches Ich nicht verstand. Sie wusste nie ganz genau, was in jedem einzelnen der zahlreichen Romane passierte, an denen sie ständig arbeitete. Aber sie hatte sich angewöhnt, die Manuskripte nicht zu lesen, bevor sie beendet waren. Das einzige Mal, als sie dieses Muster durchbrochen hatte, war der Fluss ihrer Worte abrupt abgerissen. Das war dann auch die einzige Geschichte in all der Zeit gewesen, die ihr nicht gefallen hatte. Die meisten Szenen wirkten im Nachhinein gezwungen und unnatürlich. Es war anstrengend gewesen, sie sich auszudenken.

Jessica war sich nicht bewusst, dass sie eindämmerte, bis sie durch Annes Klopfen an ihrer Tür geweckt wurde.

»Jessica?«

»Was ist?«, fragte sie müde.

»Es ist Zeit fürs Abendessen«, verkündete Anne. »Kommst du nach unten?«

Jessica schloss noch einen Moment die Augen, dann stand sie auf und schaltete ihren Computer ein.

»Ich habe keinen Hunger!«, rief sie Anne zu. »Iss ruhig ohne mich.«

»Jessica!«

»Ich esse später«, schnappte sie. Normalerweise hätte sie sich wenigstens mit Anne zum Essen zusammengesetzt, wenn auch nur, um das Trugbild eines Familienlebens zu erhalten. Aber wenn sie in der Stimmung war zu schreiben, überwältigte dieser Drang das Verlangen, mit ihrer Adoptivmutter zurechtzukommen.

4

FÜNF MINUTEN SPÄTER schrieb Jessica eifrig vor sich hin, völlig versunken in die Welt ihrer Phantasie. Sie tippte die ganze Nacht hindurch. Erst als die Sonne aufging, verebbte der Strom ihrer Worte.

Erschöpft schaltete Jessica den Computer ab, stand auf, um sich zu strecken, und fiel auf das Bett und in einen tiefen, von Alpträumen erfüllten Schlaf.

Jazlyn konnte nicht mehr stehen und ging in die Knie. Ihr Kopf hämmerte, als ihr Körper versuchte, gegen das fremde Blut anzukämpfen, das ihn überwältigen wollte.

Sie kannte dieses Gefühl. Sie hatte es schon einmal gespürt, an dem Tag, an dem sie starb, vor vielen Jahren. Damals hatte es nicht so wehgetan. Zu sterben hatte nicht wehgetan.

Zu sterben hatte nicht wehgetan ...

Warum tat es so weh, wieder zu leben?

Ihr wurde schwarz vor Augen, als ihr Herz zum ersten Mal seit dreißig Jahren wieder schlug. Sie atmete langsam und unter Schmerzen ein.

Das Herz in ihrer Brust arbeitete schwer; es war an diese Aufgabe nicht gewöhnt. Ihre Lungen brannten von

der stetigen Aufnahme des Sauerstoffs, der ihre Luftröhre zu versengen drohte. Sämtliche Muskeln ihres Oberkörpers verkrampften sich bei jedem Atemzug.
Schließlich erlöste sie eine tiefe Bewusstlosigkeit.

Jessica wachte auf und rang nach Atem.

Dieser Traum suchte sie seit Jahren im Schlaf heim, aber sie hatte sich immer noch nicht daran gewöhnt. Der Schmerz war jedes Mal so unglaublich echt.

Sie schaltete die Lavalampe ein und ließ sich von dem tiefroten Schein beruhigen. Der Wecker zeigte 6.13 Uhr. Obwohl sie keine Stunde geschlafen hatte, war sie nicht länger müde. Wie immer hatte der Traum ihre Erschöpfung vertrieben.

Nachdem sie rasch geduscht und sich angezogen hatte, blieb sie einen Moment vor dem großen Spiegel im Badezimmer stehen. Jessica wusste sehr gut, dass sie ein umwerfend schönes Gesicht und einen ebensolchen Körper hatte. Bei einer Größe von einem Meter fünfundsechzig war sie schlank, aber nicht hager, und ihre Muskeln waren straff und fest, obwohl sie fast nie Gymnastik machte. Ihre Haut war von Natur aus hell und blieb wegen ihrer Abneigung gegen das Sonnenlicht auch im Sommer blass. Anders als bei vielen anderen Mädchen ihres Alters war ihre Haut makellos, was sie übrigens immer schon gewesen war. Ihre langen, pechschwarzen Haare umrahmten ihr hübsches Gesicht mit den hohen Wangenknochen, den vollen Lippen und den ausdrucksstarken grünen Augen.

Doch trotz ihres attraktiven Aussehens hatte Jessica

nie auch nur eine Verabredung gehabt. Ab und zu störte sie diese Tatsache, obwohl sie gewöhnlich mit unverhüllteren Beleidigungen fertig werden musste als der indirekten Zurückweisung durch die Jungen ihrer Jahrgangsstufe.

Sie wandte sich gereizt von ihrem Spiegelbild ab. Wieder einmal war es ihr nicht gelungen, den Makel zu finden, der die Menschen zurückschrecken ließ, wenn sie ihr auf der Straße oder in der Schule begegneten.

Unten in der Küche war Anne gerade mit dem Backen der Pfannkuchen fertig.

»Morgen, Jessica«, sagte Anne, während sie zwei Pfannkuchen auf einen Teller gleiten ließ. »Setz dich.«

Jessica setzte sich. Sie hatte es heute Morgen nicht eilig und die Pfannkuchen rochen köstlich. Ihr wurde bewusst, dass sie gestern nur sehr wenig gegessen hatte.

»Riecht gut«, meinte sie.

Anne lächelte. »Danke. Ich gebe mir wirklich Mühe.«

Als sich Jessica schließlich auf den Weg zur Schule machte, war sie bester Laune. Sie brachte es sogar über sich, Mrs Katherine zuzulächeln, die sie auf der Treppe zum Schulgebäude traf, und die Lehrerin erwiderte ihre Geste mit einem freundlichen Nicken. Dann lief Caryn an ihr vorbei und Jessicas gute Laune schlug ins Gegenteil um.

5

Als sie das Gebäude betrat, kam Jessica an einer Gruppe Mädchen vorbei, die sich vor dem Sekretariat versammelt hatten.

»Toller Körper«, flüsterte eine von ihnen und deutete auf jemanden im Inneren des Sekretariats.

»Wer ist das?«, fragte ein anderes Mädchen.

»Keine Ahnung«, antwortete das erste. »Aber du musst zugeben, dass er total süß ist.«

»Süß?«, wiederholte ein drittes Mädchen. »Der ist total *scharf*.«

Jessica konnte den Grund für diese tiefschürfende Unterhaltung nicht sehen. *Wahrscheinlich so ein blonder Vertretungslehrer, der später der meistgehasste Pauker der ganzen Schule werden wird*, dachte sie pessimistisch.

»Wem guckt ihr denn nach?«, fragte sie die starrenden Mädchen.

Die Stillste von ihnen, eine Schülerin des Abschlussjahrgangs namens Kathy, blickte über ihre Schulter, erkannte Jessica, packte ihre Freundinnen am Arm und zog die Mädchen weiter.

Jessica sah ihnen mit gerunzelter Stirn nach. Die meisten Leute benahmen sich wenigstens möglichst *unauffällig*, wenn sie ihr aus dem Weg gingen.

Sie vergaß allerdings das Verhalten der Mädchen ziemlich schnell, als sie einen Blick in das Sekretariat warf und das Objekt der Bewunderung vor sich sah.

Sein Gesicht hätte nach dem Porträt auf einer römischen Münze modelliert sein können. Die Farbe seiner Haare, schwarz wie die Federn eines Raben, bildete einen scharfen Kontrast zu seiner hellen Haut, und als er sich ein wenig herumdrehte, fielen ihm ein paar Strähnen in die Augen und verdeckten sie. Er war bis auf die Goldkette um seinen Hals ganz in Schwarz gekleidet. Der Anhänger an der Kette sah wie ein Kreuz aus, aber aus der Entfernung konnte Jessica es nicht mit Sicherheit sagen.

Eine Welle des Schocks durchflutete sie, als sie ihn erkannte: *Aubrey*.

Aubrey war ohne jeden Zweifel der Lieblingscharakter ihrer Bücher. Er war der Bösewicht in *Tiger, Tiger* und die Hauptfigur in *Dunkle Flamme* gewesen. Grandios, mächtig und irgendwie geheimnisvoll, war er der Traum jedes weiblichen Teenagers ... oder zumindest war er ihrer. Angesichts ihrer Probleme mit ihren Altersgenossen konnte sie sich nämlich kaum anmaßen, für den Rest der weiblichen Bevölkerung zu sprechen.

Natürlich war Aubrey ein Vampir.

Reiß dich zusammen, Jessica. Du schreibst Romane, ermahnte sie sich. *Aubrey existiert nicht.* Sie hätte nichts dagegen gehabt, wenn ihr Vampirheld tatsächlich existiert hätte, aber das war schlichtweg unmöglich. Es gab keine Vampire.

Dennoch war die Ähnlichkeit zwischen diesem neuen Mitschüler und Aubrey außergewöhnlich und das Gefühl von Vertrautheit blieb bestehen, obwohl sie versuchte, es abzuschütteln. Sie zwang sich dazu, sich von ihm wegzudrehen und zu ihrem Klassenzimmer zu gehen, bevor der Junge bemerkte, dass sie ihn beobachtete.

Wieder einmal saß sie in der letzten Reihe und diesmal kam niemand, um mit ihr zu reden. Caryn sah einmal von der Gruppe herüber, bei der sie offenkundig Anschluss gefunden hatte, aber Jessica sandte ihr einen wütenden Blick zu, und Caryn zuckte sichtlich getroffen zusammen.

Ein paar Minuten, nachdem die Anwesenheitsliste abgehakt worden war, kam der Junge aus dem Sekretariat herein. Er reichte Mrs Katherine ein Formular, hielt es aber offensichtlich nicht für nötig, seine Verspätung zu erklären.

»Alex Remington?«, fragte Mrs Katherine, nachdem sie das Formular gelesen hatte.

Er nickte, widmete der Lehrerin jedoch nur ein Minimum an Aufmerksamkeit, während er nach einem freien Platz suchte.

Alex hielt einen Moment inne, als er Caryn erblickte, die ihn mit weit aufgerissenen Augen betrachtete. Im Gegensatz zu den meisten anderen Mädchen im Raum schien sie entsetzt zu sein.

Als die Schulglocke klingelte, beobachtete Jessica neugierig, wie Caryn ihren Rucksack umschnallte, so schnell sie konnte durch die Menge schlüpfte und das Klassenzimmer verließ. Sie gab sich ganz offensichtlich

Mühe, Alex Remington weiträumig aus dem Weg zu gehen.

Bevor Alex auch nur die Tür erreicht hatte, holte ihn ein Mädchen namens Shannon ein. Jessica konnte Shannons Flirtversuche aus einem Kilometer Entfernung erkennen und schüttelte angewidert den Kopf. Ihre Mitschülerin hatte zwar schon einen festen Freund, aber das hatte sie noch nie aufgehalten, wenn ein umwerfend gut aussehendes männliches Wesen in der Nähe war.

Jessica wollte gerade gehen, als Alex einen Moment lang aufsah und sich ihre Blicke über Shannons Schulter trafen. Seine Augen waren pechschwarz, umrahmt von langen dunklen Wimpern. Jessica lächelte schief als Antwort auf die Belustigung, die sie in seinen Augen bemerkte – zweifellos eine Reaktion auf die nicht allzu subtile Anmache.

Dann sagte Shannon etwas, wodurch sie seine Aufmerksamkeit wieder erregte, und sein Blick wanderte von Jessica zu seiner Verehrerin, die offenbar zu allem entschlossen war.

Etwas widerstrebend lief Jessica den Gang hinunter und überließ Alex der Gnade von Shannon der Eroberin.

6

Jessica verbrachte die Mittagspause im Schulhof, da sie keine Lust hatte, in der Cafeteria allein an einem Tisch zu sitzen und sich dem Gestank der täglichen Portion Fleisch ungeklärter Herkunft auszusetzen.

Ihre Gedanken wanderten für einen Moment zu Alex; sie erinnerte sich daran, wie er ihr in die Augen gesehen hatte. Dann schalt sie sich stumm dafür, sich auf einen Typen zu konzentrieren, der vermutlich längst vergessen hatte, dass sie existierte. Und selbst wenn nicht, würde er im Leben bestimmt nicht so tief sinken, dass er seine gesellschaftliche Stellung riskierte, indem er mit dem Leprafall der Ramsa High Freundschaft schloss. Sie nahm ein unliniertes Heft und einen Druckbleistift aus ihrem Rucksack und fing an zu zeichnen, damit ihre Hände etwas zu tun hatten, während sie unauffällig die Menschen um sich herum beobachtete.

Shannon stand mit ihren Freundinnen in einer kleinen Gruppe zusammen, aber statt sich mit ihnen zu unterhalten, starrte sie eindringlich über den Hof zu Alex hinüber. Alex, der lässig an einem Baum lehnte, grinste leicht, während ein anderer Junge ihn zurechtwies. Jessica erkannte Shannons Freund und aus seiner Haltung und seinem Tonfall schloss sie, dass er von Shannons morgendlicher Unterhaltung mit Alex erfahren hatte.

Schließlich schien Alex die Geduld zu verlieren. Er blickte dem anderen Jungen fest in die Augen, und obwohl dieser ein Stückchen größer und viel breiter war als Alex, trat er einen Schritt zurück. Shannons Freund sagte etwas, das Jessica nicht verstehen konnte, und entfernte sich rasch.

Jessica schüttelte den Kopf. Sie war nicht überrascht. Irgendetwas an Alex sagte einem ganz eindeutig, dass man sich besser nicht mit ihm anlegte.

Während Jessica die Auseinandersetzung beobachtet hatte, hatte sie weitergezeichnet. Jetzt blickte sie auf ihren Entwurf und spürte, wie ihr ein Schauer über den Rücken lief.

Auch wenn man bedachte, dass ihr Modell sich direkt in der Nähe befand, war die Ähnlichkeit verblüffend. Aber am meisten erstaunte sie der Anhänger. Sie hatte noch keine Gelegenheit gehabt, ihn sich genau anzusehen, und trotzdem hatte sie ihn irgendwie in allen Details zu Papier gebracht.

Das Kreuz, um das sich eine Viper schlängelte, stand auf dem Kopf. Es war ein perfektes Abbild von Aubreys Anhänger und es erschreckte Jessica, dass sie es in ihr Porträt von Alex hineingemalt hatte.

»Gesellschaft gefällig?«, fragte jemand.

Nicht irgendjemand. *Alex*. Jessica erkannte seine Stimme und schlug das Heft zu. Sein Tonfall war voller Selbstvertrauen, ohne die geringste Spur von pubertärer Unbeholfenheit. Der Klang seiner seidenweichen Stimme ließ sie frösteln, weil sie von einer weiteren Welle der Vertrautheit überflutet wurde.

Bleib auf dem Teppich, befahl sie sich. Trotz des Wortwechsels, den sie in Gedanken führte, hörte sie ihre eigene Stimme gelassen antworten: »Von mir aus.«

Da sie seiner Motivation nicht ganz traute, fiel ihr so schnell nicht ein, was sie noch sagen könnte. Als sie das letzte Mal ein Junge angesprochen hatte, war der Grund dafür eine Wette gewesen. Mit dieser schmerzhaften Erinnerung im Hinterkopf verzog sie keine Miene und wartete darauf, dass Alex Remington sein Verhalten erklärte.

Als er sich neben sie setzte, musterte sie ihn genauer. Der Anhänger war genau so, wie sie ihn gemalt hatte – exakt so wie Aubreys.

»Bist du immer allein hier draußen?«, fragte er.

»Gibst du dir immer so viel Mühe, um mit Leuten zu reden, die offensichtlich allein sein wollen?«, antwortete sie, automatisch auf Verteidigungskurs. Sobald die Worte heraus waren, biss sie sich jedoch auf die Zunge. Wenn Alex sie wirklich kennen lernen wollte, war sie eine Idiotin, ihn so davonzujagen.

Er sah lediglich belustigt aus. »Willst du wirklich allein sein, oder meidest du jemand Bestimmten?« Während er das fragte, sah er zu den Fenstern der Cafeteria hinüber. Jessica folgte seinem Blick und bemerkte Caryn inmitten einer Gruppe aus Schülern ihrer Klasse.

»Wenn ich jemanden meiden würde, wäre es Caryn«, antwortete Jessica wahrheitsgemäß. »Sie scheint davon überzeugt zu sein, dass das Kind in mir eine Freundin braucht.«

In Alex' Miene spiegelten sich Verständnis und Ärger zugleich. Jessica war sich ziemlich sicher, dass Letzterer sich auf Caryn bezog.

»Es liegt in ihrer Natur zu versuchen, Menschen aus der Dunkelheit ins Licht zurückziehen«, sagte er.

»Kennt ihr beide euch?«

»Leider ja«, antwortete er. Die Verachtung in seiner Stimme war nicht zu überhören.

Er musterte Caryn einen Augenblick lang schweigend, bis sie aufsah, als würde sie seinen Blick spüren. Als sie Jessica und Alex nebeneinander sitzen sah, sammelte sie ihre Sachen zusammen und eilte davon.

»Na, sie versucht jedenfalls nicht, *dich* aus der Dunkelheit zu ziehen«, bemerkte Jessica.

»Sie haben es probiert und sie haben fürchterlich versagt«, war seine Antwort.

7

CARYN HATTE SICH in die Schulbücherei zurückgezogen, nachdem sie Jessica in Begleitung der Kreatur gesehen hatte, die sich Alex nannte. Sie hatte hier sowieso gleich Unterricht; die anderen Schüler strömten bereits aus der Cafeteria und gingen zu ihren Klassenzimmern.

Sie starrte vielleicht fünf Minuten lang aus dem Fenster, als sie plötzlich Alex und Jessica vorbeigehen sah. Es schien beinahe, als gäbe es kein Entkommen vor ihnen.

»Verfolgst du mich?«, hörte sie Jessicas Stimme, die mit Alex in unbekümmertem, fast flirtendem Ton redete. Caryn runzelte die Stirn darüber, wie leicht das Mädchen ihm offenbar vertraute. Alex war die letzte Kreatur auf Erden, der ein Mensch trauen sollte.

»Warum sollte ich?«, fragte Alex mit gespielter Unschuld.

Ja, warum?, fragte Caryn. *Vielleicht, weil du ein manipulativer Blutsauger bist?* Wenn Jessica bloß wüsste, mit wem sie da redete.

»Außerdem stelle ich mich ein bisschen geschickter an, wenn ich jemanden verfolge«, sagte Alex mit Belustigung in der Stimme zu Jessica.

Caryn schüttelte den Kopf. *Natürlich*, dachte sie.

Wenn sie nicht wissen, dass du da bist, haben sie auch keine Angst.

Plötzlich hörte sie seine spöttische Stimme direkt in ihrem Kopf. *Ich nehme an, du sprichst aus eigener Erfahrung?*

Sie fuhr ihre mentalen Schutzschilde hoch, obwohl sie wusste, dass sie gegen Kreaturen seiner Art ähnlich wirkungslos waren wie Glas. *Verschwinde aus meinem Kopf,* dachte sie wütend. Alex lachte als Antwort darauf.

Er und Jessica hatten sich währenddessen weiter unterhalten. Es war offensichtlich, dass Jessica von dem lautlosen Gespräch, das gleichzeitig stattgefunden hatte, keine Ahnung hatte. Ihr Tonfall war fröhlich und ohne Misstrauen, so als spräche sie mit einem Freund.

Ein Freund der Blutsauger, aber nicht der Menschen, dachte Caryn bitter.

Doch sie konnte Jessica eigentlich keinen Vorwurf machen. Obwohl sie die Wahrheit über Alex kannte, vermochte selbst Caryn kaum die Spuren seiner mentalen Beeinflussung zu erkennen. Ohne jede bewusste Anstrengung hielt er die Menschen in seinem Bann, so dass sie sich in seiner Gegenwart wohl fühlten, wenngleich ihr Instinkt sie normalerweise von ihm und seinen Artgenossen fern hielt.

Nur zwei Mal hatte Caryn heute erlebt, dass er sein wahres Gesicht gezeigt hatte: vor Shannon heute Morgen und vor dem Jungen, der ihn während der Mittagspause angefahren hatte. Shannon hatte ihren Flirtversuch schnell beendet und war davongeschlichen, aber sie schaffte es, über ihre plötzliche Beklemmung zu lachen, als sie Caryn die Szene später beschrieb.

Caryn zwang sich dazu, mit ihren Hausaufgaben anzufangen, statt noch länger über Alex und Jessica nachzudenken. Sie besaß keine großen kämpferischen Fähigkeiten, mit denen sie Jessica physisch hätte verteidigen können. Und das Mädchen hatte ihr klargemacht, dass es ihre Freundschaft nicht wollte, so dass es ganz bestimmt nicht auf eine Warnung von ihr hören würde.

Caryn würde Alex nicht in die Quere kommen – schon gar nicht hier, wo so viele hilflose Menschen um sie herum waren. Sich mitten in einer Menge mit einem Vampir anzulegen, führte nur dazu, dass es Tote gab.

8

NACH DER SCHULE NAHM Jessica den Bus ins Zentrum. Sie machte sich auf den Weg zur Buchhandlung, in der Hoffnung, *Tiger, Tiger* in den Regalen zu sehen. Seit Erscheinen des Buches vor über einer Woche hatte sie zum ersten Mal die Gelegenheit, danach zu suchen. Die Vorabexemplare zu Hause hatten nicht den gleichen Reiz wie der Anblick ihres Werkes auf den Tischen einer Buchhandlung.

Jessica seufzte, als sie Caryn in den Regalen stöbern sah, aber sie hatte nicht vor, sich von dem nervenden Teenager verscheuchen zu lassen.

»Oh ... hallo, Jessica«, sagte Caryn. Sie klang überrascht. »Suchst du etwas Bestimmtes?«

»Ein Buch. Was sollte ich sonst in einer Buchhandlung wollen?«, antwortete Jessica ärgerlich.

In diesem Moment entdeckte sie *Tiger, Tiger* in dem Regal neben Caryn, und griff um das Mädchen herum, um ein Exemplar herauszunehmen. Da sie das Buch unter ihrem Pseudonym Ash Night geschrieben hatte, gab es keinen Grund für Caryn, Jessica damit in Verbindung zu bringen. Trotzdem weiteten sich die Augen des Mädchens, als es das Buch sah.

»Das habe ich gelesen«, meinte es in beiläufigem Ton, der jedoch aufgesetzt klang.

»Ich auch«, antwortete Jessica, drehte sich um und wandte sich zur Kasse.

»Ich frage mich, wie der Autor wohl ist«, bemerkte Caryn. »Was glaubst du, wo er seine Ideen herhat?«

Jessica ignorierte Caryns Bemühungen, bis sie hinzufügte: »Was, wenn das alles wahr wäre? Wenn Ash Nights Vampire wirklich existierten? Wenn Ather und Risika und Aubrey ...«

Jessica fuhr bei dem letzten Namen zu Caryn herum. »Es gibt keine Vampire«, fauchte sie. »Krieg dich wieder ein.« Nachdem sie diese Unterhaltung den ganzen Tag lang mit sich selbst geführt hatte, war sie froh über die Entschuldigung, die Worte endlich laut aussprechen zu können.

»Aber ...«

»Caryn, ich habe es auf subtile Weise versucht. Ich war unhöflich und sogar beleidigend«, unterbrach Jessica sie. »Jetzt ist Klartext angesagt.« Mit eiskaltem Blick starrte sie in Caryns zarte, blaue Augen. »Es ist mir völlig egal, ob du an Vampire glaubst. Ich will nicht darüber reden, genauso wenig, wie ich über Zahlenschlösser oder sonst irgendetwas reden möchte. Ich will überhaupt nicht mit dir reden. Ist das jetzt klar?«

Caryn nickte unglücklich und seufzte.

Das war ziemlich befriedigend gewesen. Jetzt musste Jessica sich nur noch davon überzeugen, dass Alex Remington nicht der Antichrist war, dann könnte sie mit der alltäglichen Langeweile in ihrem Leben fortfahren.

»Kalt«, hörte sie hinter sich. »Sehr kalt. Ich bin voll und ganz einverstanden.«

Jessica drehte sich um und entdeckte Alex, der lässig gegen ein Regal lehnte. Als er Caryn nachsah, wie sie davoneilte, erinnerte sein Blick Jessica an einen Wolf, der ein Kaninchen auf der Suche nach einem Versteck beobachtet.

»Vielleicht bin ich ja paranoid, aber ich könnte schwören, dass du mir gefolgt bist.« Die Worte sprudelten aus Jessicas Mund, bevor sie es sich noch einmal überlegen konnte. Der Klang ihrer eigenen Stimme erstickte sie fast. Sich beim Flirten zu ertappen konnte eigentlich nur bedeuten, dass sie krank war.

»Ab und zu«, erwiderte er vage, mehr sagte er dazu nicht. Dann wandte er sich ab, lief den Gang hinunter und ließ den Blick über die Regale wandern, als suche er etwas. Nach ein paar Metern sah er über seine Schulter, um festzustellen, ob sie noch hinter ihm war, und ihr wurde bewusst, dass *sie ihm* folgte. Verlegen hörte sie damit auf.

»Irgendwas Gutes dabei?«, fragte er, als er zu dem Regal zurückkam, in dem Jessica *Tiger, Tiger* entdeckt hatte.

»Was verstehst du denn unter gut?«, fragte sie und achtete darauf, nicht auf ihn zuzugehen.

Er zog ein Buch aus dem Regal: *Abtrünnige* von Elizabeth Charcoal. Er hielt es Jessica hin und meinte: »Das wird dir gefallen. Glaub mir.«

»Das hast du gelesen?« Jessica hatte in einer Zeitschrift einen Artikel über die Autorin gesehen, obwohl sie noch keine Gelegenheit gehabt hatte, das Buch zu lesen. Elizabeth Charcoal behauptete, Vampirin zu sein, und bezeichnete *Abtrünnige* als ihre Autobiographie.

»Ich kenne die Autorin«, antwortete Alex sachlich. »Sie hat mir eine signierte Kopie des Manuskripts geschenkt. Gleich nachdem sie versucht hatte, mir die Kehle durchzuschneiden, aber lassen wir die Details.«

»Ach ja?«, sagte Jessica skeptisch. Entweder nahm er sie auf den Arm oder er versuchte sie zu beeindrucken.

Er zuckte die Achseln. »Wir haben uns gestritten.«

»Passiert dir das öfter?«

»Ziemlich häufig«, erwiderte er locker. »Elizabeth und ich können uns nicht besonders gut leiden, aber ihr Buch ist ... interessant. Es ist die Art von Buch, die dir gefällt.«

»Woher willst *du* wissen, was ich gerne lese?«

»Ich kann es sehen«, erwiderte er geheimnisvoll, und wandte sich in Richtung Kasse. Er wartete einen Moment, damit sie ihn einholen und neben ihm statt hinter ihm gehen konnte.

Die Frau hinter der Theke bedachte Alex mit einem verächtlichen Blick und murmelte etwas.

»Hasana, was für eine Überraschung!«, begrüßte der Junge sie kühl. Er lächelte boshaft. Die Frau starrte ihn an, aber er ignorierte es.

»Kennt ihr euch?«, fragte Jessica dümmlich, als sie die aggressiven Funken bemerkte, die zwischen den beiden zu sprühen schienen.

»Hasana ist Caryns Mutter«, meinte Alex, als ob das

alles erklärte. Jessica erinnerte sich an die Reaktion ihrer Mitschülerin am Morgen, als sie Alex zum ersten Mal gesehen hatte, und fragte sich, was zwischen ihm und dieser Familie vorgefallen war.

»Nimm dich in Acht vor diesem Kerl«, warnte Hasana und nickte in Richtung des Jungen. »Er weiß wahrscheinlich mehr über dich als nur, welche Bücher du gern liest.«

»Und wie macht er das wohl?«, erkundigte Jessica sich trocken.

»Ich kann deine Gedanken lesen und so alles über deine geheimsten Ängste und dunkelsten Begierden erfahren«, antwortete Alex.

Jessica schwieg einen Moment, während sie seinen Gesichtsausdruck studierte. Sie hatte genau diese Worte, Aubreys Worte, in ihrem neuesten Roman *Dunkle Flamme* geschrieben. Sie war sich nicht sicher, ob sie die Wendung auch in *Tiger, Tiger* benutzt hatte.

»Redest du immer so?«, fragte sie beunruhigt.

Er sah sie herausfordernd an, als er sagte: »Weißt du das denn nicht?«

Sie schüttelte nur den Kopf – alarmiert, aber nicht bereit, es zu zeigen.

Als Alex für sein Buch bezahlte, bemerkte sie, dass sie immer noch *Tiger, Tiger* in der Hand hielt. Sie legte es auf die Theke, aber nicht so, als ob sie es kaufen wollte; sie hatte genug Exemplare zu Hause.

Alex' Blick fiel auf den Umschlag und sein Gesichtsausdruck wechselte schlagartig von Belustigung zu Wut. Er fuhr herum und marschierte ohne ein weiteres Wort aus dem Geschäft. Jessica starrte ihm perplex hinterher, zu schockiert, um zu reagieren.

»Wenn ich du wäre, würde ich ihm aus dem Weg gehen«, riet ihr Hasana.

»Warum? Weil er mir sonst wehtun wird?« Jessicas Sarkasmus war wegen ihrer Verwirrung über Alex noch schärfer als sonst.

»Wenn du dich nicht von ihm fern hältst, wird er sehr wahrscheinlich genau das tun«, antwortete Hasana ernst. »Er ist extrem jähzornig.«

Jessica fielen keine scharfen Bemerkungen mehr ein. Um ihr Unbehagen zu verbergen, nahm sie *Tiger, Tiger* wieder in die Hand und sagte: »Ich glaube, ich bringe es lieber zurück, bevor noch jemand deswegen ausflippt.«

»Wenn du willst, kannst du es behalten«, erwiderte Hasana leise. »Du bist schließlich die Autorin.«

Jessica erstarrte entgeistert.

»Tut mir Leid«, sagte Hasana eilig. »Ich wollte nur ...«

»Woher wissen Sie das?«, unterbrach Jessica Caryns Mutter. Sie war erbost, dass diese Frau sie mit Ash Night in Verbindung gebracht hatte. Schließlich hatte sie ein Pseudonym benutzt, um eben *nicht* erkannt zu werden.

»Ich habe es gelesen und ich ... habe dich als die Autorin erkannt«, stotterte Hasana. »Du siehst irgendwie einfach so aus ...«

»*Wie* sehe ich aus?«

»Schon gut, vergiss es.« Hasana schüttelte den Kopf. »Nimm das Buch und den Ratschlag und ignoriere mich.«

Sie wandte sich ab, plötzlich sehr mit irgendwelchen Formularen beschäftigt, und Jessica verließ benommen die Buchhandlung.

9

A‌UBREY HATTE DIE B‌UCHHANDLUNG verlassen, weil er verhindern wollte, dass er jemanden verletzte – wahrscheinlich die Hexe.

Obwohl er ein Haus am Stadtrand besaß, verbrachte er seine Zeit lieber im Herzen von Neuchaos, in seinem Zimmer hinter dem Nachtclub, der als *Las Noches* bekannt war. Dort lief er wütend auf und ab und fragte sich, was er wegen dieses Menschen namens Jessica tun sollte.

Sie wusste nicht, dass alles, was sie schrieb, der Wahrheit entsprach. Sie glaubte, Vampire seien nur ein weiterer Mythos. Sie glaubte, ihre Charaktere seien nur Ausgeburten ihrer Phantasie. Sie hatte keine Ahnung, wer Alex war.

Das stimmte nicht ganz. Er wusste, dass Jessica ihn vom ersten Moment an erkannt hatte. Einzig ihre menschliche Vernunft hatte sie daran gehindert zu glauben, dass Alex Remington wirklich Aubrey war.

Aubrey hatte von dem Schriftsteller Ash Night durch eine junge Vampirin gehört, die als Lektorin in Nights Verlag arbeitete. Die Vampirin hatte Aubrey sogar eine Kopie der Manuskripts von *Dunkle Flamme* gegeben.

Die Nachricht von diesem Buch hatte sich rasch in der Vampirgemeinde verbreitet, so wie damals, als Elizabeth Charcoal ihre Autobiografie veröffentlicht hatte.

Doch im Unterschied zu ihr schrieb Ash Night nicht über sich selbst, sondern über Dinge, die sie eigentlich gar nicht wissen sollte. *Dunkle Flamme* war Aubreys eigene Geschichte, die niemand außer ihm vollständig kannte. Und doch hatte Ash Night seine Vergangenheit bis ins letzte Detail hinein korrekt geschildert.

Aubrey hatte nichts dagegen, dass *Dunkle Flamme* veröffentlicht werden sollte. Bisher war er fast immer stärker gewesen als jene, die ihn umgaben. Die anderen, die in dem Manuskript erwähnt wurden, erweckten jedoch oft den Eindruck von Schwäche und in der Welt der Vampire gab es nichts, was die eigene Position so sehr bedrohte wie eine offensichtliche Schwäche. Mit *Dunkle Flamme* hatte die Autorin sich ein paar gefährliche Feinde geschaffen.

Die Vampirin im Verlag hatte nicht direkt mit Ash Night zusammengearbeitet und sie musste nicht notwendigerweise von dem ersten Buch gewusst haben. Es war eine totale Überraschung für Aubrey gewesen, als er heute in der Buchhandlung *Tiger, Tiger* entdeckt hatte. Das Bild auf dem Umschlag zeigte eindeutig, von wem das Buch handelte. Obwohl der Grafiker nicht viel über sein Sujet gewusst haben konnte, hatte Aubrey Risikas Porträt sofort erkannt. Er hatte dieses Buch ebenfalls gelebt – oder auch ungelebt, je nachdem. Er wusste, was auf den Seiten stand.

Aubrey berührte leicht die Narbe auf seiner rechten

Schulter, die Risika ihm vor ein paar Jahren zugefügt hatte. Zum ersten Mal in fast dreitausend Jahren hatte er einen Kampf verloren, und zwar haushoch verloren. Risika hätte ihn am Ende töten können. Stattdessen hatte sie sein Blut getrunken und ihn leben lassen. Dieser Vorgang hatte seine Gedanken vollständig für sie geöffnet; sie konnte jetzt so problemlos in ihm lesen, wie er es bei den meisten Menschen vermochte.

Der Anblick des Buches war für ihn wie ein Messerstich in die Wunde seines immer noch blutenden Stolzes.

Aubrey war der Erste seiner Art gewesen, der sich auf die Suche nach der Autorin gemacht hatte, und die meisten der anderen Vampire waren zufrieden damit, dass er sich um das Problem kümmerte.

Obwohl Jessica darauf bestanden hatte, dass ihr richtiger Name und ihre Adresse geheim gehalten wurden, hatte Aubrey die Informationen ohne Schwierigkeiten in den Gedanken ihrer Lektorin ausmachen können. Ramsa, die Stadt, in der sie wohnte, lag nur einen Steinwurf entfernt von Neuchaos, einer der mächtigsten Vampirstädte in den Vereinigten Staaten. Aubrey hatte sich nach Ramsa treiben lassen, um sich persönlich davon zu überzeugen, wie groß die Bedrohung durch diesen Ash Night war.

Was hatte er erwartet? Alles, nur nicht das, was er vorfand: Ein siebzehn Jahre altes Mädchen, das keinerlei erkennbare Verbindung zur Welt der Vampire hatte. Allerdings konnte er eine Dunkelheit in ihrer Aura ausmachen, die beinahe vampirisch war. Die Menschen reagierten instinktiv darauf und zogen sich von ihr zurück, so wie sie es auch bei Aubrey taten, wenn er ihre Gedanken nicht beeinflusste.

Er hatte versucht, Jessica zu beeinflussen. Er hätte in der Lage sein sollen, in ihren Geist einzudringen und ihr zu befehlen, mit dem Schreiben aufzuhören. Bei jedem anderen Menschen wäre das eine einfache Aufgabe gewesen, aber Jessica hatte ihn voll und ganz abgeblockt. Diese Tatsache allein hatte ihn so sehr fasziniert, dass er sie nicht bei der ersten sich bietenden Gelegenheit getötet hatte.

Überhaupt gab es eine Menge Dinge, die ihn trotz seiner üblichen Abneigung gegen Menschen an Jessica interessierten. An erster Stelle stand das beunruhigende Fehlen einer Reaktion, als er ihr vor einigen Stunden in die Augen gesehen hatte. Die meisten Menschen wären verwirrt und einen Augenblick lang von seinem Blick gefangen gewesen, aber Jessica blieb unbeeindruckt.

Aubrey schloss für einen Moment die Augen und atmete tief ein, um sich zu beruhigen. Er hörte auf, hin und her zu laufen, und sein Gesicht nahm den leidenschaftslosen Ausdruck an, den er wie eine Maske trug und den er sich im Laufe der Jahre angeeignet hatte.

Entgegen seiner Hoffnung ließ der Drang nach Bewegung nicht nach, und so verließ er sein Zimmer und ging durch den kurzen Flur ins *Las Noches*.

Die Atmosphäre in dem Nachtclub war angespannt. Rote Stroboskoplichter blitzten durch den Raum und verwirrten jeden, der nicht so viel Zeit dort verbracht hatte wie Aubrey. Basslastige Musik dröhnte aus den Lautsprechern, die irgendwo unter der verhangenen

Decke versteckt waren, und alle vier Wände waren mit Spiegeln verkleidet. Risika hatte jeden Zentimeter dieser Spiegel während ihres Kampfes mit Aubrey zerschlagen, so dass die zahlreichen Spiegelbilder jetzt verzerrt waren.

Bis Jessica das *Las Noches* nicht mit eigenen Augen sah, bis sie es nicht betrat und das Schwindelgefühl in ihrem Kopf zu beherrschen versuchte, würde sie die psychedelische Bar, die sozusagen das Herz von Neuchaos war, niemals treffend beschreiben können.

Natürlich glaubte Jessica nicht einmal daran, dass Neuchaos wirklich existierte.

In diesem Moment, in der Stunde vor Sonnenuntergang, waren unter den Gästen wie üblich sowohl Menschen als auch Vampire. Die Sterblichen wurden von dem letzten Sonnenlicht ermutigt, das noch in der Außenwelt leuchtete; die meisten Vampire, die sich derzeit im Nachtclub aufhielten, würden erst nach Einbruch der Dunkelheit auf die Jagd gehen. Hinter der Bar stand ein Mädchen mit ebenholzfarbenen Augen namens Kaei. Mit ihrer blassen Haut und dem dichten, tintenschwarzen Haar, das wie ein Vorhang über ihren Rücken fiel, hatte Kaei, selbst als sie noch lebte, wie ein typischer Vampir ausgesehen. Sie war in Chaos geboren worden und für seine fast vollständige Zerstörung vor mehr als dreihundert Jahren verantwortlich gewesen. Sie hatte Aubrey mehr als einmal ihr Blut angeboten und im Gegenzug hatte er ihr wahrscheinlich ein Dutzend Mal das Leben gerettet.

»Moira hat nach dir gesucht«, erzählte Kaei Aubrey,

als er näher kam. »Sie sagte irgendwas darüber, dass sie dir helfen wollte, die Schriftstellerin in mundgerechte Stücke zu zerteilen.« Moira hatte sich in letzter Zeit oft darüber beklagt, dass Ash Night sie wie ein Schwächling aussehen ließ. Dabei hatte sich die Autorin gar keine besondere Mühe geben müssen. Obwohl Moira im Vergleich zu den meisten ihrer Artgenossen stark war, zählte sie doch zu den Schwächsten ihrer Blutlinie. Sie war mehr als fünfhundert Jahre vor Aubrey verwandelt worden, aber sie hatte nie seine Stärke entwickelt.

Die meisten Angehörigen ihrer Blutlinie waren schon als Menschen stark gewesen – so zogen sie die Aufmerksamkeit der Vampire auf sich, die sie am Ende verwandeln würden. Fala hatte Moira kennen gelernt und sich in sie verliebt, dann hatte sie die Sterbliche verwandelt, um ihr das Leben zu retten.

Trotz Moiras Schwäche waren sie und ihre Blutsschwester Fala gefürchtet, weil sie den Ruf hatten, es zu genießen, wenn sie anderen Schmerzen zufügen konnten. Moira war zur Zeit der Azteken geboren worden und kurz nach ihrer Verwandlung hatte sie einem ihrer Priester mit bloßen Händen das Herz aus der Brust gerissen.

»Fala hat auch nach dir gefragt«, fuhr Kaei mit grimmiger Miene fort. »Sie meinte, sie würde die Schriftstellerin in Asche verwandeln – damit der Name besser zu ihr passt.« Anders als Moira, die Waffen bevorzugte, hatte Fala eine Vorliebe für Feuer.

Aubrey seufzte; er verspürte nicht das geringste Verlangen, sich auch nur mit einer der beiden Vampirinnen zu beschäftigen. »Vielleicht können sie Streichhölzer ziehen«, antwortete er lustlos.

»Mach, was du für richtig hältst«, erwiderte Kaei. Sie wusste, dass es ziemlich egal war, was sie sagte, und ging ohne ein weiteres Wort davon.

Aubrey zog eine der Flaschen ohne Etikett unter der Bar hervor. Obwohl er sich nicht ganz sicher war, was sich darin befand, wusste er, dass es ihm nicht schaden würde. Er könnte einen Liter Blausäure trinken, ohne dass es eine Wirkung zeigen würde. In manchen dieser Flaschen war Wein, in manchen Likör, in anderen Blut, das immer kalt gestellt war. Wie diese Bar aufgefüllt wurde, war ein ewiges Rätsel, denn nur selten arbeitete ein Barkeeper hinter der Theke und die Drinks waren alle umsonst.

10

Aubrey stand schweigend am Tresen, als er eine vertraute Stimme hinter sich hörte.

»Willkommen daheim«, sagte Jager in seinem üblichen kühlen Tonfall. Jager war der zweitälteste Vampir in ihrer Blutlinie und einer der wenigen, die es vielleicht mit Aubreys reiner Stärke aufnehmen konnten. Allerdings war er selten an einem Kampf interessiert.

»Bist du Night begegnet?«, fragte Jager, als Aubrey ihm die Information nicht augenblicklich freiwillig gab.

»Ja«, antwortete dieser knapp.

»Hast du ihn getötet?« Es war eine beiläufige Frage. Zu töten war die logische Reaktion auf einen Menschen, der eine Bedrohung für ihre Art darstellte. Ob es ihr bewusst war oder nicht, Jessica verfügte über Wahrheiten, die für die Vampirwelt gefährlich waren – und sie hatte beschlossen, sie nicht für sich zu behalten.

»Sie«, korrigierte Aubrey. »Nein, ich habe sie nicht getötet.«

Er wusste nicht genau, warum er Jessica nicht getötet hatte. Es wäre nicht schwer gewesen und ihr Tod hätte auch nicht viel Aufsehen erregt, sobald er ein paar Worte in Anne Allodolas Geist und den von Ash Nights Geschäftspartnern geflüstert hätte.

»Ich hoffe, dass Risika keine schlechte Verliererin ist, was Wetten betrifft«, bemerkte Jager. »Sie war davon ausgegangen, du würdest die Autorin töten.«

»Ja, das passt zu ihr«, sagte Aubrey trocken. *Was würde Jessica denken,* fragte er sich, *wenn sie wüsste, dass Wetten auf ihr Leben oder Sterben abgeschlossen werden?*

»Darf ich fragen, *warum* du sie nicht umgebracht hast?«, fragte Jager und gab sich keine Mühe, seine Neugierde zu verbergen.

Aubrey hatte sich diese Frage auch schon gestellt. Das Klischee »Sie ist schön« ging ihm durch den Kopf und das stimmte natürlich auch. Es war fast, als stellte Jessica mit ihrer Anmut das perfekte Abbild eines Vampirs dar. Aber Aubrey hatte noch nie gezögert, eine Frau zu töten, nur weil sie attraktiv war.

Doch noch bemerkenswerter als ihr Aussehen war Jessicas seltene Aura von roher Stärke. Aubrey erinnerte sich, dass Ash Night ihn genauso beschrieben hatte, als er, Aubrey, noch ein Mensch gewesen war, aber er hatte es nur bei sehr wenigen anderen erlebt. Risika war eine der Ausnahmen gewesen; ihre Stärke hatte Aubrey angezogen, lange bevor sie Athers Aufmerksamkeit erregt hatte. Jessica war nun die Zweite.

»Ist die Frage vielleicht zu schwierig?«, erkundigte sich Jager in herablassendem Ton.

Aubrey flüchtete sich in die einfachste Antwort. »Ich war nicht in der Stimmung.«

Jager akzeptierte die Erklärung und die beiden Vampire saßen in freundschaftlichem Schweigen beieinander. Plötzlich tauchte die feurige Fala vor ihnen auf.

»Wie ich sehe, bist du von deinem kleinen Spiel im Tageslicht zurück«, begrüßte sie Aubrey schnurrend. Ihre Stimme war wie vergiftete Schokolade, täuschend glatt und süß. Als sie sich an Jager vorbeidrückte, gab sie ihm einen flüchtigen Kuss auf die Wange.

Fala war Jagers erster Zögling. Sie war in Ägypten geboren und hatte von Natur aus dunkle Haut, die in den fünftausend Jahren ihres Vampirdaseins nur wenig verblasst war. Ihre schwarzen Haare wurden von blutroten Kämmen aus dem Gesicht gehalten, aber das war der einzige Farbtupfer in ihrem ansonsten schwarzen Outfit.

»Ich nehme an, du hast Night getroffen.« Fala spuckte den Namen aus, als sollte er in anständiger Gesellschaft nicht erwähnt werden. »Ich hoffe doch, dass sie mausetot ist? Oder noch besser: Windet sie sich irgendwo vor Schmerzen?«

»Sie lebt«, antwortete Aubrey, der nicht in der Stimmung für sadistisches Geplänkel mit Fala war.

»Hättest du etwas dagegen, wenn ich sie für dich töte?«, fragte die Vampirin beiläufig, während sie hinter den Tresen ging und sich aus Aubreys Flasche einen Drink einschüttete. »Das ist gut«, bemerkte sie und hielt die Flasche in das rote Licht der Bar, was allerdings nicht half, deren Inhalt zu identifizieren. »Weiß jemand, was das ist?«

Sie goss den Rest der Flüssigkeit in ihr Glas, dann warf

sie die unetikettierte Flasche über ihre Schulter. Die Flasche zersprang und mehrere Leute an den Tischen drehten sich nach dem Geräusch um. Eine Frau stand auf und wischte sich einige Splitter von der Jeans, schien sich aber nicht weiter aufzuregen. Zersplitterndes Glas war kaum ein ungewöhnliches Vorkommnis im *Las Noches*.

Fala seufzte ausgiebig, als sie sich wieder Aubrey und Jager zuwandte. »Ich liebe das Geräusch von splitterndem Glas. Also, was Ash betrifft ...«

»Nein, du kannst sie nicht für mich töten«, unterbrach Aubrey sie.

»Du willst mich also davon abhalten?«, hakte sie nach und ihre Stimme wurde tiefer, eine Spur bedrohlich.

»Ich habe mehr Streit mit ihr als du«, erwiderte er kühl, ohne diese Aussage näher zu erläutern.

»Solange sie dich nicht so verletzt hat, dass du blutest, hast du gar nichts«, fauchte Fala und pirschte sich dichter an ihn heran.

Falas Worte bezogen sich auf eine der wenigen ungeschriebenen Gesetze ihrer Art: den Blutanspruch. Alle Menschen, solange sie nicht in Neuchaos lebten, waren freie Beute für alle Vampire. Wenn allerdings ein Mensch einen Vampir zum Bluten brachte, durfte dieser Mensch nur von dem verletzten Vampir gejagt werden. Hätte Jessica Aubrey angegriffen und so verletzt, dass er blutete, dann hätte Fala Jessica ohne Aubreys Erlaubnis nichts antun dürfen.

»Das hat sie nicht und das wird sie auch nie tun«, antwortete er.

»Du würdest auch dann nicht zugeben, dass ein Mensch dich verletzt hat, wenn es so gewesen wäre«, sagte Fala verächtlich. Sie trank ihr Glas aus und warf es ebenfalls über ihre Schulter. »Aber ich nehme an, dass du nicht so gute Laune hättest, wenn du *noch einen* Kampf verloren hättest.«

Sie sagte nichts weiter. Aubrey versetzte ihr mit der Kraft seiner Gedanken einen Schlag und sie fiel rückwärts gegen die Bar, zischend vor Wut. Mehrere Köpfe wandten sich ihnen zu und ein paar Menschen fanden es an der Zeit, das *Las Noches* zu verlassen. Es war gefährlich, sich mit zwei kämpfenden Vampiren im gleichen Raum aufzuhalten.

Jager war immer noch in der Nähe und beobachtete den Streit mit zusammengezogenen Augenbrauen.

»Möchtest du das vielleicht wiederholen?«, fragte Aubrey Fala mit frostiger Stimme, während er ihr einen neuen Blitz seiner Macht entgegenschleuderte, woraufhin sie sich vor Schmerz zusammenkrümmte. Er schwitzte nicht einmal.

»Aubrey.« Jager sprach nur seinen Namen aus, aber darin lag eine deutliche Warnung.

Der junge Vampir reagierte, indem er seine Macht abschwächte, statt Fala noch einmal zu schlagen. Jager würde wegen dem, was bisher vorgefallen war, keinen Kampf anfangen, außerdem würde Fala seine Hilfe nicht wollen. Aber trotzdem wusste Aubrey, dass Jager die Vampirin zu gern hatte, um wegzusehen, wenn sie wirklich in Gefahr wäre.

»Gott verfluche dich, Aubrey«, schimpfte Fala. Sie

runzelte die Stirn, war aber klug genug, ihn nicht noch einmal zu beleidigen.

»Schon passiert«, antwortete er ruhig.

»Dann verfluche er dich noch mal!«, schrie sie und warf ihm einen Blick zu, der sogar Vipern in ihrem Nest erstarren lassen würde.

»Zu spät«, witzelte er. »Nach fünftausend Jahren musst du dir schon etwas Besseres einfallen lassen als das.«

Fala starrte ihn böse an, versuchte aber nicht, ihn zu attackieren. Obwohl sie viel älter war als er, war er schon immer stärker gewesen und der bessere Kämpfer. Wenn sie einen Kampf anzettelte, würde sie ihn verlieren.

»Schön«, knurrte sie. »Aber wenn du Ash nicht umbringst oder sie sonstwie aus dem Weg räumst, werde ich es tun. Habe ich mich klar ausgedrückt, Aubrey?«

»Ja.«

Im nächsten Moment waren sie beide verschwunden; Aubrey hatte sich in sein Zimmer zurückgezogen. Das dumpfe Dröhnen der Musik aus dem Nachtclub erschütterte das Gebäude, aber daran war er gewöhnt. Er fiel in sein Bett und schlief den Schlaf des totalen Vergessens. Wie die meisten seiner Artgenossen träumte er nicht.

11

Als Aubrey erwachte, transportierte er sich an den Rand von Red Rock, den Wald, der Neuchaos umgab und an Ramsa grenzte. Die Fähigkeit, sich augenblicklich von einem Ort zum anderen zu bewegen, setzte er schon seit zweitausend Jahren häufig ein.

Zwar war erst in gut einer Woche Vollmond, aber Aubrey konnte problemlos einige noch nicht ausgebildete Hexen und ein paar Werwölfe wahrnehmen, die in dem belebten Wald herumlungerten. Außerdem hielten sich mehrere Vampire in der Nähe auf, die alle aus Miras Blutlinie stammten.

Ramsa war eigentlich Miras Revier, doch das bereitete Aubrey nur wenig Sorge. Mira zählte, obwohl uralt, zu den Schwächsten ihrer Art und ihre Zöglinge waren kaum stärker als die meisten Menschen. Nur wenige aus der Blutlinie der Vampirin hatten das Massaker vor ein paar hundert Jahren überlebt, das Fala unter ihnen angerichtet hatte, und gegenwärtig wurden sie kaum als Teil der Vampirgesellschaft akzeptiert. Viele von ihnen waren so sensibel, was ihre Beute betraf, dass sie sich nur von Tieren und willigen Menschen ernährten.

In einem Haus am Waldrand war eine Party im Gange.

Shannon hatte Aubrey dazu eingeladen, als sie noch nicht wusste, dass er ihr eine Minute später Angst einjagen würde. Das Haus war voller Menschen und der schwache Geruch von Alkohol drang zu Aubrey herüber, der viele Meter entfernt auf Beobachtungsposten stand. Er ließ ohne Probleme seinen Geist wandern und sichtete die Gedanken der Leute im Haus.

Was er wahrnahm, war nicht sehr unterhaltsam – entweder waren die Gedanken der Anwesenden vernebelt vom Trinken, albern vom Witzereißen oder wütend vom Lästern. Er fand Shannon ziemlich schnell. Sie hatte ein wenig Bier getrunken und ihre Abwehr war geschwächt; es kostete ihn nicht viel Mühe, sie davon zu überzeugen, allein das Haus zu verlassen.

Shannon wanderte abwesend durch den Wald und zuckte überrascht zusammen, als sie Aubrey begegnete.

»Ähm ... hallo, Alex.«

Sie begrüßte ihn zögernd, warf einen verwirrten Blick zurück zum Haus und fragte sich offensichtlich, wieso sie hier draußen war. Bevor sie sich zur Umkehr entschließen konnte, nahm er Verbindung zu ihrem Geist auf und ihre Nervosität verschwand.

»Shannon, nicht wahr?«, fragte er und machte einen Schritt auf sie zu.

»Stimmt«, antwortete sie mit einem koketten Lächeln. »Warum versteckst du dich im ...«

Schlafe. Aubrey sandte den Befehl durch ihre Gedanken, sobald er nah genug war, um sie aufzufangen, falls sie fiel.

Sie brach augenblicklich bewusstlos zusammen und er

hielt sie mühelos fest. Er hätte selbst jemanden, der das Zehnfache wog, ohne Probleme tragen können. Obwohl er jeden Menschen physisch kontrollieren konnte, wollte er nicht riskieren, dass sie schrie und unerwünschte Aufmerksamkeit erregte. Es war einfacher, von ihr zu trinken, während sie schlief. Er machte es nicht zum ersten Mal so.

Er bog Shannons Kopf nach hinten, um die Halsschlagader freizulegen, die einzig von der zarten Haut bedeckt war. Seine Eckzähne, die sonst meist ziemlich normal aussahen, verlängerten sich zu rasiermesserscharfen Spitzen. Diese Fänge durchbohrten die Haut an ihrer Kehle rasch und präzise und Sekunden später verlor er sich völlig in dem Geschmack und dem Geruch von warmen Menschenblut, das über seine Zunge lief und seinen Durst löschte.

12

Caryn hatte Aubreys Anwesenheit schon gespürt, bevor sie sah, wie Shannon mit einem benommenen Gesichtsausdruck die Party verließ. Sie hatte den Druck gefühlt, den seine Gedanken auf die des Mädchens ausübten.

Caryn hatte nicht die leiseste Ahnung, was sie tun sollte, wenn sie Aubrey erst einmal gegenüberstand, aber sie verspürte trotzdem den Drang, Shannon zu folgen. Neben der Tür hatte es sich eine Gruppe von Jungen bequem gemacht und Caryn wurde ein paar Minuten lang aufgehalten, während sie versuchte, an der Clique vorbeizuschlüpfen. Sobald sie im Wald war, dauerte es nur wenige Augenblicke, bis sie den Vampir und sein Opfer gefunden hatte. Sie konnte Aubreys Aura, die wie ein Schatten gerade eben außerhalb des normalen Sichtspektrums flackerte, mühelos ausmachen. Und sie konnte spüren, wie seine Macht über ihre Haut kroch.

Dies war das besondere Talent ihrer Blutlinie – natürlich, wie manche sagen würden. Obwohl ihre Familie immer zu den Heilern gehört hatte, waren die meisten der Hexen Vampirjäger gewesen. In Caryns Adern floss nicht nur das Blut einer Hexe, süßer und stärker als menschliches Blut, sie besaß auch deren Wissen, was sie für Vampire gefährlich machte. Aber sie war keine Kämpferin. Sie war sich immer bewusst gewesen, dass sie zu den leichten Opfern gehörte, und hatte aus Selbstschutz heraus versucht, Vampire zu meiden – es sei denn, sie riskierte dadurch das Leben eines Unschuldigen.

Ihre ganze Kindheit hindurch hatte man Caryn gelehrt, das Leben zu respektieren und mit allen Mitteln zu schützen, ganz gleich, wie hoch der Preis dafür war. Sie kannte Aubrey zu gut, um wegzusehen, wenn er ein Opfer anlockte.

»Aubrey!«, rief sie, sobald sie ihn entdeckt hatte.

Der Vampir stand mit der regungslosen Shannon einige Meter tief im Wald. Er hatte einen Arm um ihre Taille geschlungen, damit sie nicht umfiel, seine andere Hand umschloss ihren Nacken. Seine Lippen berührten ihren Hals. Shannon war bleich, atmete aber noch.

»Aubrey!«, schrie Caryn wieder, als er nicht reagierte.

Der Vampir sah auf und funkelte sie wütend an, während er weitertrank. *Was willst du?*, fauchte er.

Caryn zuckte zusammen, als die Stimme in ihren Geist drang, schaffte es aber irgendwie zu antworten. »Lass sie los, Aubrey.«

»Ist das eine Drohung?« Verachtung lag in seiner Stimme, als er Shannon fallen ließ. Spöttisch leckte er ein paar Tropfen Blut von seinen Lippen.

Caryn eilte an Shannons Seite. Sie war bewusstlos, aber sie würde es überleben.

»Wie viele Menschen hast du schon auf diese Weise umgebracht?«, fragte sie mit schwankender Stimme.

»Ich glaube nicht, dass du das wirklich wissen willst«, erwiderte Aubrey kühl.

»Hast du denn überhaupt kein Gewissen?«

»Nicht, dass ich wüsste«, sagte er lässig. »Hör zu, so sehr ich deine Gesellschaft auch schätze, ich ziehe es doch vor, allein zu speisen.«

Er genießt das, begriff Caryn. Er hätte das Gespräch problemlos vermeiden können, indem er verschwand und sich ein anderes Opfer suchte, aber stattdessen spielte er mit ihr.

»Du wirst sie umbringen«, protestierte Caryn.

»Ja und?« In Aubreys Stimme lag Belustigung und er machte einen Schritt auf sie zu. Caryn duckte sich instinktiv, bewegte sich aber nicht von Shannon weg. Wenn er entschlossen war, heute Nacht zu töten, konnte sie es nicht verhindern, dennoch ließ ihr Gewissen nicht zu, dass sie weglief.

»Hast du etwa vor, mich davon abzuhalten?«, spottete er. »Wenn du eine deiner Cousinen wärst, würde ich vielleicht wenigstens so tun, als ob ich mir Sorgen machte ... wahrscheinlich aber auch nicht. Aber so weiß ich genau, dass du niemals mit mir kämpfen würdest, selbst wenn du die Kraft dazu hättest.«

Er sagte die Wahrheit. Niemand in ihrer Blutlinie hatte eine andere Kreatur verletzt, seit Evelyn Smoke als Erste ihrer Ahnenreihe aufgehört hatte, Vampire zu jagen.

»Bitte, Aubrey«, flehte Caryn, die immer verzweifelter wurde.

»Verschwinde, Caryn. Du fängst an, mich zu langweilen.«

»Lass sie gehen«, beharrte Caryn, wenn auch ihre Stimme kaum befehlend klang. Dieses Spiel machte sie krank und, schlimmer noch, sie fragte sich, was passieren würde, wenn er die Geduld verlor.

»Das würde nicht viel bringen«, bemerkte Aubrey. »Ich müsste mir eben jemand anderes aus dem Haus holen. Würdest du sagen, dass das Leben dieses Mädchens mehr wert ist als zum Beispiel das ihres Freundes? Oder ...«

»Du hast wirklich gerade eine Menge Spaß, nicht wahr?«, schrie Caryn, stand auf und ging wachsam auf ihn zu, als ihre Wut ihr endlich genug Mut verlieh.

Aubrey lehnte sich bequem gegen eine Eiche und wartete darauf, dass sie näher kam. Wenn sie von irgendeiner anderen Blutlinie stammen würde – Vida oder Arun, oder selbst Light –, hätte sie ihn jetzt getötet. Aber die Letzte der Light-Linie war vor fast dreihundert Jahren gestorben und die Vidas und Aruns hatten heute Nacht genug mit anderen Vampiren zu tun. So tat Caryn Smoke das Einzige, was sie aufgrund ihrer Erziehung in dieser Situation tun konnte.

Sie atmete tief ein, um sich zu beruhigen, und streckte ihren rechten Arm mit der Handfläche nach oben aus, so dass das filligrane Muster der Venen in ihrem Handgelenk sichtbar war.

»Hier«, sagte sie leise. Ihre Angst war ihr kaum anzumerken. »Mein Blut ist stärker als das eines Menschen.« Ihre Stimme schwankte für einen Moment, aber sie zwang sich weiterzureden. »Du müsstest mich nicht töten.«

Aubreys Blick glitt eine Sekunde lang zu der pulsierenden Stelle an ihrem Handgelenk, aber das war der einzige Hinweis darauf, dass ihr Angebot ihm gefiel. »Und was sollte mich davon abhalten, dich leerzutrinken?«

»Dein Wort, dass du es nicht tun wirst.«

Die Belustigung in seinem Blick entging ihr nicht. Wäre die Situation andersherum gewesen, hätte sie die Komik gut verstanden. Sein Wort als Garantie für ihre Sicherheit zu nehmen, war genauso, als akzeptierte ein Vampir das Wort irgendeiner Hexe. Die meisten Hexen brachen ihre Versprechen und logen fast schon aus Gewohnheit, wenn es um Aubreys Art ging. Vampire wurden nicht als Personen angesehen, so dass nicht einmal die stolzen Vida zögerten, sie zu betrügen. Allgemein gesprochen fand es allein die Smoke-Linie wichtig, ehrlich zu den Vampiren zu sein.

Es hieß, das Wort eines Vampirs sei so zerbrechlich wie ein Weinglas, und Caryn hatte keine Zweifel, dass es in Aubreys Fall zutraf. In Wirklichkeit gab es nur eine Sache, die sie vielleicht am Leben erhalten würde: Aubreys Wissen, dass augenblicklich alle Vampirjäger der anderen Blutlinien zu einem Vergeltungsschlag ausholen würden, wenn er eine Hexe der Familie Smoke tötete.

Caryns Herzschlag wurde vor Angst schneller, aber sie nahm all die Disziplin zusammen, die sie gelehrt worden war, um in ihrer Entscheidung nicht zu wanken.

Aubrey ergriff das Handgelenk, das sie ihm darbot, und zog sie damit zu sich heran. Er legte eine Hand auf ihre Stirn und bog sanft ihren Kopf zurück. Ihr Herzschlag verdreifachte sich im selben Moment, aber sie ballte die Hände zu Fäusten, damit sie sich nicht wehrte.

Keine Sorge, hörte sie Aubreys Stimme in ihrem Kopf. *Es wird nicht wehtun.*

Sie spürte einen scharfen Stich, als seine Zähne ihre Haut durchbohrten, aber der Schmerz ließ fast sofort wieder nach. Die Mischung aus narkotisierendem Vampirspeichel und seiner flüsternden Stimme in ihrem Kopf betäubte den Schmerz vollkommen. Caryns Beine gaben unter dem Druck von Aubreys Geist nach und sie fühlte seinen Arm um ihre Taille, als er sie aufrecht hielt.

Du schmeckst gut, sagte er abwesend.

Ich weiß nicht, ob ich das als Kompliment oder als Drohung verstehen soll, sinnierte sie. Ihre Angst war verschwunden und ihre Gedanken verloren jeden Zusammenhang, als sie mehr und mehr Blut verlor und sein Geist den Griff um ihren verstärkte.

Caryn versuchte sich zu konzentrieren. Sie war so viel Disziplin gelehrt worden ... warum konnte sie nun nicht vernünftig denken?

Sie war auf Schmerz vorbereitet gewesen, aber es gab keinen. Sie fühlte sich unglaublich entspannt, als würde sie schweben ... Sie träumte ... oder nicht? Spielte es überhaupt eine Rolle?

Dann stellte sie sich vor, dass sie an einem Strand in der Sonne lag oder vielleicht auf einem Berggipfel bei Vollmond meditierte. Sie war entspannt, friedvoll, ruhig, froh zu vergessen ...

Was zu vergessen?

Caryn versuchte wieder, sich zu konzentrieren, aber es

war fast unmöglich. Aubreys Geist zerrte an ihrem, betäubte und beruhigte ihn. Mit enormer Anstrengung entzog sie sich ihrer Trance. Die Gefahr war viel zu groß, als dass sie sich erlauben konnte zu vergessen, was passierte.

Sein Geist hielt sie immer noch in seinem Bann und es wurde immer schwieriger, sich nicht wieder der verführerischen Leere hinzugeben. Aber wenn sie dem nachgab, würde sie je wieder daraus erwachen? Er würde sie wahrscheinlich töten.

Wäre es dir lieber, wenn es wehtun würde?

Caryn hatte die unbestimmte Vorstellung, dass Aubrey sich über sie lustig machte, aber sie konnte nichts dagegen tun.

Schließlich, nach Stunden, wie es ihr schien, zog Aubrey sich zurück. Die junge Hexe war sich plötzlich wieder ihres Körpers bewusst, als sie zusammenbrach.

Sie war benommen und schwach, und ihr Puls raste, als ihr Herz versuchte, das verdünnte Blut durch die Adern zu pumpen. Obwohl sie noch wie durch eine Nebelwand sah, bemerkte sie, wie Aubrey zögerte – als ob er überlegte, ob er sie wirklich gehen lassen sollte.

Dann verschwand er.

Sie ließ einen Moment den Kopf hängen, um ihre Gedanken zu entwirren, dann überquerte sie vorsichtig die Lichtung, um nach Shannon zu sehen. Mit etwas Glück würde das Mädchen einfach annehmen, dass es zu viel getrunken hatte. Shannon würde nie erfahren, dass sie beinahe gestorben wäre.

Bei diesem Gedanken legte Caryn eine Hand über ihr

Herz und fühlte das hastige Schlagen. Im Gegensatz zu Shannon war sie sich sehr bewusst, wie nah sie heute Nacht dem Tod gewesen war.

13

Jessica hatte den ganzen Abend geschrieben, aber gegen Mitternacht ließ ihre kreative Phase nach. Sie war rastlos und wusste, dass sie in absehbarer Zeit nicht einschlafen konnte. Die beste Methode, etwas von der in ihr brennenden Energie loszuwerden, schien ein Spaziergang zu sein.

Der runde Mond erhellte den Pfad durch den Red-Rock-Wald und so fand sie bald ihren Lieblingsplatz: eine große Eiche, etwa einen halben Kilometer in den Wald hinein. Sie zog sich auf einen der großen Äste hoch und entspannte sich. Irgendwie beruhigte die Nacht sie immer.

Nach einer Weile war sie unter dem weiten Blätterdach eingeschlafen.

Jazlyns Herz, das nicht an diese Aufgabe gewöhnt war, arbeitete schwer. Ihre Lungen brannten von der ständigen Anstrengung zu atmen. Schließlich hüllte die Bewusstlosigkeit sie ein.

Statt in den totenähnlichen Schlaf zu verfallen, an den sie sich gewöhnt hatte, träumte sie von der Welt, die sie nun zu verlassen versuchte. Sie träumte, dass sie um Mitternacht durch die Straßen einer Stadt rannte und ihr entsetztes Opfer verfolgte. Sie träumte, dass sie in der

Gestalt eines Adlers über dem nächtlichen Tal schwebte. Sie träumte, dass sie auf einem Friedhof auf das Grab ihres früheren Mannes zulief.

Jazlyn erwachte keuchend. Es dauerte einen Moment, bis sie wusste, wo sie war, und das war ihr seit einer Ewigkeit nicht mehr passiert. Ihre Fähigkeit, sofort hellwach zu sein, hatte sie schon häufig vor dem sicheren Tod bewahrt.

In diesen Momenten der Verwirrung zuckte die undeutliche Erinnerung an ein Treffen mit einer Hexe namens Monica durch ihre Gedanken. Die Hexe hatte angeboten, ihr die Menschlichkeit zurückzugeben, die sie mit so viel Mühe verloren hatte.

Aber warum hatte die Hexe ...

»Schläfst du immer im Freien auf Bäumen?«

Jessica schreckte hoch, setzte sich zu schnell auf und fiel fast von ihrem Ast. Sie sah sich nach der Person um, die sie angesprochen hatte. Er war Alex. Er saß auf einem anderen Ast und wirkte, als wäre er in diesem Baum zu Hause.

»Kannst du das nächste Mal vielleicht ein bisschen mit den Blättern rascheln?«, grummelte sie, obwohl sie ein Lächeln auf ihren Lippen spürte, als sie ihren seltsamen, aber willkommenen Besucher begrüßte. »Ich wäre fast vom Baum gefallen. Wie bist du hier hoch gekommen, ohne dass ich dich gehört habe?«

»Ich bin geflogen.«

Jessica schüttelte nur den Kopf.

»Wenn es dir nicht passt, gehe ich wieder runter.«

Alex sprang von dem Ast und kam anmutig wie eine Katze auf. Jessica folgte ihm langsamer, da sie keine Lust hatte, sich den Knöchel zu brechen, nur um vor ihm anzugeben. Sie schlenderten ziellos durch den Wald, während sie sich unterhielten.

»Hast du eigentlich kein Zuhause? Oder läufst du mir einfach den ganzen Tag hinterher?« Als sie ihm die Frage beim letzten Mal gestellt hatte, war es ein Witz gewesen, aber diesmal erwartete sie wirklich eine Antwort. Es konnte beim besten Willen kein Zufall sein, dass er heute Nacht hier im Wald war.

»Ich habe kein Zuhause in *dieser* Welt«, sagte Alex und seine Stimme klang trotz des leisen Spotts in seinen Augen ernst, »außerdem ist es nicht Tag.«

Jessica schüttelte wieder den Kopf, als ihr klar wurde, dass sie wohl nie eine vernünftige Antwort von ihm erhielt.

Während sie über diese Tatsache nachdachte, bemerkte sie auf seinem rechten Handgelenk eine Zeichnung, die sie nur deshalb sehen konnte, weil sein Ärmel bei dem Sprung vom Baum hochgerutscht war.

»Was ist das?«, fragte sie und deutete auf die Tätowierung.

Alex rollte den Ärmel hoch, um ihr die ganze Zeichnung zu zeigen: Ein schwarzer Wolf mit goldenen Augen und weißen Fängen pirschte über sein Handgelenk. Jessica kannte das Tier; es war Fenris, der riesige Wolf, der laut der nordischen Mythologie die Sonne verschluckt hatte. Aubrey hatte dieselbe Tätowierung auf seinem Handgelenk.

Sie atmete tief ein, um nicht mit einer Bemerkung herauszuplatzen, bevor sie nicht ihre Gedanken geordnet hatte.

Das konnte einfach kein Zufall sein.

Den ganzen Tag hindurch hatte sie versucht, eine andere Erklärung für all die Gemeinsamkeiten zwischen den beiden zu finden als die unmögliche, dass Alex tatsächlich Aubrey war. Jetzt fiel ihr endlich ein geradezu verblüffend offensichtlicher Grund ein: Alex war ein Fan von Ash Night. Aubrey wurde in *Tiger, Tiger* bis ins letzte Detail beschrieben. Warum sollte jemand, wenn ihm danach war, nicht schwarze Kontaktlinsen tragen, einen passenden Anhänger kaufen und sich dieselben Tätowierungen wie Aubrey machen lassen?

Doch bevor Jessica einen Kommentar zu Alex' Tattoo abgeben konnte, fragte er sie: »Was machst du so spät nachts hier draußen?«

»Ich konnte nicht schlafen«, antwortete sie. Sie war immer noch ein wenig genervt. »Und du?«

»Vielleicht verfolge ich dich wirklich«, sagte er neckend.

»Also in dem Fall verstehe ich das als Kompliment.« Sie schlug denselben scherzhaften Ton an wie er, aber hinter den leichten Worten verbargen sich ernsthaftere Gedanken. Wenn ihre Theorie über seine Leidenschaft für den Vampir Aubrey stimmte, wie weit würde er mit seinem Rollenspiel gehen?

Als Jessica sich auf den Heimweg machte, begleitete er sie. Ihre Unterhaltung versiegte und zwischen ihnen breitete sich Schweigen aus.

»Du bist plötzlich so still«, bemerkte Jessica. Die beiden waren bis auf Sichtweite an ihr Haus herangekommen und sie war stehen geblieben, damit sie ihm ins Gesicht sehen konnte. »Was denkst du gerade?«

Alex seufzte. »Nichts, was du gerne wissen würdest.«

»Warum erzählst du es mir nicht einfach und überlässt es mir, das zu entscheiden«, fragte sie beharrlich.

»Blut und Tod und Leute, die zu viel wissen«, antwortete er mit einer Stimme, die eher müde als bedrohlich klang. »Geh nach Hause, Ash Night. Ich werde ein andermal mit dir reden.«

Er ging schweigend davon, bevor Jessica eine Chance hatte, darauf zu reagieren. Bis ihr Verstand seine Worte verarbeitet hatte, war er schon außer Sichtweite.

Einen Augenblick lang war sie furchtbar wütend darüber, dass noch jemand irgendwie herausbekommen hatte, wer Ash Night war.

Ihre Wut wurde jedoch von einem Gedanken verdrängt, der ebenso faszinierend wie beängstigend war. Wenn Alex wirklich Aubrey war, wenn also Vampire tatsächlich existierten und er und seine Artgenossen wussten, wer sie war ... dann könnte ihr Leben um einiges kürzer sein, als sie geplant hatte.

14

»Wie süß.« Fala spuckte die Worte förmlich aus und kam auf Aubrey zu, als er das *Las Noches* betrat. »Wie ekelhaft süß.«

»Wie bitte?«

Fala lachte – ein schneidendes Geräusch, das jedem in Hörweite sagte, dass man sich in Acht nehmen sollte. »Hast du wirklich geglaubt, ich würde nach dem ganzen Ärger, den uns diese Schriftstellerin macht, nicht ein Auge auf sie haben? Und du läufst herum und *flirtest* geradezu mit ihr.«

Aubrey zögerte, als er den Impuls bekämpfte, nach Jessica zu sehen und sich zu vergewissern, dass Fala ihr nichts angetan hatte, nachdem er sie verlassen hatte.

»Lass Jessica in Ruhe«, befahl er mit harter Stimme. Es war nicht klug, in irgendeiner Form Sympathie für einen Menschen zu zeigen, aber er würde nicht zulassen, dass Fala das Mädchen verletzte.

»Was findest du bloß an ihr?«, fragte Fala höhnisch. »Aubrey der Allmächtige, der Jäger, der Krieger, der nichts als Verachtung für alles Sterbliche fühlt ... Wenn ich es nicht besser wüsste, würde ich glatt annehmen, dass sie dir gefällt.«

Er lachte als Antwort auf ihre Stichelei, von der sie sich offensichtlich größeren Erfolg versprochen hatte. »Du hast dir die Gründe zurechtgelogen, meine Gute. Wie steht es mit dir? Fala, das Kind, das von so ziemlich jeder unsterblichen Kreatur auf dieser Erde misshandelt und verfolgt wurde, der Feigling, der nach Macht ohne Risiko strebt, die billige Imitation einer Göttin ...« Er schwieg einen Moment und beobachtete, wie seine Anspielungen auf ihre entwürdigende Vergangenheit den Zorn in ihren Augen aufflackern ließen – eine Vergangenheit, die Ash nur zu gut kannte. »Wenn ich es nicht besser wüsste, würde ich glatt annehmen, du bist eifersüchtig.«

Aubrey hegte keinen Zweifel, dass diese letzte Beschuldigung lächerlich war. Fala hasste ihn viel zu sehr, um auf jemanden, für den er sich interessierte, eifersüchtig zu sein und schon gar nicht auf eine Sterbliche. Aber ihr Gesichtsausdruck, als er diese letzten Worte sagte, war unbezahlbar.

»Du eingebildeter, arroganter, menschenliebender *Idiot*!«, schrie Fala. Dann verschwand sie, bevor er Gelegenheit hatte, sich zu revanchieren.

Aubrey ignorierte ihre Worte und ging lächelnd zur Bar hinüber. Er machte sich im Moment keine Sorgen um Jessica. Wenn Fala sie getötet hätte, dann hätte sie ihm das mehr als deutlich gemacht. Sie hätte darauf bestanden, jedes blutige Detail mit ihm zu teilen.

15

Caryn Rashida wartete in der Eingangstür, während Anne Allodola nach oben eilte, um ihre Tochter zu wecken. Caryn ging im Geiste zum hundertsten Mal die verschiedenen Szenarien durch.

»Sie ist in einer Minute fertig«, sagte Mrs Allodola, als sie wiederkam.

Die junge Hexe nickte nervös. Sie war fest entschlossen, mit Jessica zu reden, und diesmal würde sie sich von deren frostigen Beleidigungen nicht abschrecken lassen. Mit Sicherheit war es keine gute Idee, sie aufzuwecken, aber woher hätte sie wissen sollen, dass Jessica noch schlief? Es war fast Mittag.

Als das Mädchen schließlich nach unten kam, wusste Caryn sofort, dass eine Herausforderung auf sie wartete. Jessicas Aura brodelte vor Ärger, Wut und zum Teil auch vor Verwirrung. Sobald sie Caryn erblickte, fand sie ein Ventil für ihre Gefühle.

»Was zum Teufel willst du denn hier?«, fauchte Jessica.

Caryn zuckte leicht zusammen. »Ich muss mit dir reden, Jessica.«

»Worüber?«

»Alex.«

Jessicas Augen wurden schmal, als Caryn den Namen aussprach, und sie versuchte nicht länger, die ungebetene Besucherin aus der Tür zu drängen.

»Was ist mit Alex?«, fragte Jessica wachsam. Als Caryn einen Blick in Richtung Küche warf, wo Anne nicht gerade besonders unauffällig lauschte, seufzte Jessica. »Komm mit nach oben. Wir können uns in meinem Zimmer unterhalten.«

Caryn blieb vor der Tür zu Jessicas Zimmer stehen, das bedrohlich dunkel war. Es gab keinerlei Licht außer dem Glimmen einer roten Lavalampe auf einem Regal. Als Jessica den Lampenschirm abnahm, erhellte der grelle Schein der Glühbirne den Raum, was jedoch den düsteren und eintönigen Charakter des Zimmers nur noch unterstrich.

»Das ist dein Zimmer?«, fragte Caryn, bevor sie sich überlegen konnte, dass es kein guter Anfang war. Sie entdeckte nur einen einzigen Farbtupfer: ein lilafarbenes Kissen auf dem Bettrand, das halb von einer schwarzen Tagesdecke verdeckt wurde. Sie fragte sich, wie Jessica wohl auf die Bemerkung reagierte, dass Lila die Farbe der Menschlichkeit war.

Caryn verspürte den plötzlichen irrationalen Wunsch, das Kissen aus der Schwärze zu retten. Das wäre nicht weiter schwer. Im Gegensatz zu seiner Besitzerin würde das Kissen sie nicht bekämpfen.

»Also sag, was du zu sagen hast«, knurrte Jessica.

Caryn ging in Gedanken die Millionen von Drehbüchern durch, die sie entworfen hatte, um dem Mädchen die Wahrheit zu sagen, doch sie verwarf sie alle. Sie lief zu dem Regal und blätterte die groben Manuskriptentwürfe durch, bis sie das Exemplar von *Dunkle Flamme* fand.

»Ich habe davon gehört«, begann sie. Fast jeder auf dieser Welt – mit Ausnahme der Menschen – hatte von Ash Nights *Dunkle Flamme* gehört.

Jessica runzelte die Stirn und Caryn konnte sehen, dass sie versuchte, den Sinn dieser Bemerkung zu erfassen. Bevor sie sich jedoch eine Antwort überlegen konnte, fuhr die junge Hexe fort.

»Wie bist du ... auf die Idee zu diesem Buch gekommen? Und zu *Tiger, Tiger*?«, erkundigte sie sich.

Jessica lachte, offenbar schockiert von der Normalität dieser Frage. »Du bist hergekommen, um mich über meine *Ideen* auszufragen?«

Caryn atmete tief ein, um Kraft zu sammeln. »Nicht ganz.« Ihre nächsten Worte überschlugen sich fast. »Ich wollte dich fragen, ob du weißt, dass sie wahr sind.«

Jessicas Gesichtsausdruck verlor plötzlich jede Spur von Belustigung.

»Verschwinde, Caryn«, befahl sie kalt.

Die junge Hexe trat angesichts Jessicas Heftigkeit einen Schritt zurück und versuchte sie zu erklären. *Die pure Leugnung,* dachte sie. Jessica kannte die Wahrheit, weigerte sich aber, sie zu akzeptieren. Es war völlig logisch; sie würde gegen jeden kämpfen, der sie von etwas überzeugen wollte, dass sie verzweifelt zu ignorieren versuchte.

Wieder atmete Caryn tief ein, diesmal weil sie bemerkte, dass sie in den letzten paar Sekunden die Luft angehalten hatte.

»Was weißt du über Alex?«, bohrte sie weiter. Jessica war außergewöhnlich stark. Wenn man sie zwingen würde, der Wahrheit ins Auge zu sehen, wäre sie bestimmt fähig, sie zu akzeptieren. Wenn Caryn nur wüsste, wie sie das Mädchen überzeugen könnte!

»Ich habe gesagt, du sollst verschwinden«, wiederholte Jessica.

»Wirst du wenigstens über das nachdenken, was ich gesagt habe?« Außer dieser einfachen Bitte fiel Caryn nichts ein, was sie tun könnte. »Bitte.«

»Wenn du jetzt gehst.« Die Antwort war kaum mehr als ein Knurren.

Caryn griff in ihre Tasche und holte den Brief heraus, den sie so oft umgeschrieben hatte, bevor sie hergekommen war. Als sie ihn Jessica hinhielt, riss das Mädchen ihn ihr aus der Hand.

»Zufrieden?«, fauchte sie.

Jessicas Gefühlschaos machte Caryn schwindelig, so nickte sie nur eingeschüchtert und verließ eilig das Zimmer. Sie hielt einen Moment im Flur inne und wünschte sich, ihr fiele ein besserer Weg ein, um mit Jessica zu reden, aber dann hörte sie, wie sich der Schlüssel in der Tür herumdrehte. Eine Sekunde später schallte laute Musik in den Flur.

16

JESSICA LAG QUER auf dem Bett und versuchte inmitten des unsinnigen Lärms, der in ihren Ohren dröhnte, eine Erklärung zu finden.

Caryn spielte mit ihr. Sie wusste, dass die Rashidas und Alex sich irgendwoher kannten; sie hassten sich viel zu sehr, um sich fremd sein zu können. Vielleicht waren Alex und Caryn einmal ein Paar gewesen – schließlich war alles möglich. Und jetzt hatten sie sich zusammengetan, um das schöne Spiel »Wir machen die Schriftstellerin fertig« zu spielen.

Sie musste widerstrebend zugeben, dass sie ihre Sache gut machten. Alex gab ein perfektes Abbild von Aubrey ab. Sie fragte sich, wen Caryn darstellen sollte. Wenn es tatsächlich ein Spiel war, dann hatten sie es lange geübt und gut geplant.

Da gibt es kein »wenn«, schalt sie sich. *Es gibt keine Vampire!*

Jessica hatte für diese Art von Intrigen nichts übrig, schon gar nicht, wenn sie von kindischen Idioten wie Caryn inszeniert wurden. Sie fragte sich, ob Caryn überhaupt klar war, wie wenig Humor Jessica besaß, besonders wenn es um ihre Bücher ging.

Frustriert öffnete sie den Brief, den Caryn ihr gegeben hatte, und überflog ihn rasch.

Dann las sie ihn noch einmal, langsamer diesmal, und schließlich noch ein drittes Mal.

Jessica,

mir ist klar, wie verwirrt du jetzt sein musst. Ich weiß nicht, wie ich dir erklären soll, dass alles, was du jetzt gerade denkst, die Wahrheit ist. Ich kann mir nicht vorstellen, wie du mit dieser Welt in Kontakt gekommen bist; ich weiß nur, dass das, was du schreibst, gefährlich für dich ist.

Wenn du es mir erlaubst, werde ich versuchen, dir zu helfen, aber ich kann nichts tun, wenn du mich nicht darum bittest. Ich bin keine Kämpferin, aber ich kenne welche. Wenn du mich lässt, werde ich sie um Hilfe bitten.

Halte dich von Aubrey fern. Ebenso von seinen Artgenossen. Hör auf, Bücher über sie zu schreiben. Vielleicht halten sie es dann nicht für nötig, dich zu vernichten. Du weißt sehr gut, wie gefährlich sie sind. Bitte sei vorsichtig.

Gott sei mit dir,
Caryn Smoke
Tochter von Macht

Ich habe jetzt mit meinem richtigen Namen unterschrieben. Ich will dich nicht belügen wie all die anderen.

»Was geht hier bloß vor?«, fragte Jessica die schwarzen Wände. Sie blieben stumm – sie sagten nur sehr selten etwas, obwohl sie manchmal eine Ausnahme machten, wenn das Mädchen todmüde war.

Jeder, der Ash Nights erstes Buch gelesen hatte, wusste, wer Aubrey war – wie er aussah, wo er herkam, wie er redete, wie er dachte. Die beiden Manuskripte, die vom Verlag angenommen worden waren, enthüllten nicht nur die dunklen Seiten von Aubreys Gegenwart, sondern auch die seiner Vergangenheit, und sie waren ziemlich tief in die Vampirwelt vorgedrungen, um deren Bräuche und Politik darzustellen.

Doch nicht ein einziges Mal war in diesen Büchern die Blutlinie der Familie Smoke mit ihrer unsterblichen Mutter – Macht – genannt worden, die Caryn so beiläufig in ihrem Brief erwähnte.

Ohne sich dessen wirklich bewusst zu sein, griff Jessica nach einem der Manuskripte, das inzwischen seit Monaten auf dem Regal herumlag. Obwohl sie den Roman nicht mehr gelesen hatte, seit sie ihn beendet hatte, erinnerte sie sich noch gut an die darin vorkommenden Figuren. Die Geschichte spielte vor vielen Jahren; die erwähnten Hexen mussten Caryns entfernte Verwandte sein. Jessica wusste durch ihre Vampircharaktere alles über die Smoke-Linie. Aber nur *sie* hätte das wissen sollen, denn außer ihr hatte niemand das Manuskript je gelesen. Die dünne Staubschicht auf der Schutzhülle war der Beweis dafür, dass es auch in der letzten Zeit niemand in die Hand genommen hatte. Es war völlig ausgeschlossen, dass Caryn es hätte lesen können.

Die Worte des Mädchens hallten in Jessicas Gedanken

wider: *Was, wenn es alles wahr wäre? Wenn Ash Nights Vampire wirklich existierten?*

Und erst vor kurzem: *Ich wollte dich fragen, ob du weißt, dass sie wahr sind.*

Obwohl Jessica sich nicht allzu sehr in die Welt der Smoke-Hexen vertieft hatte – einfach deshalb, weil sie für ihre Vampire nur mäßig interessant waren –, kannte sie doch die grundlegenden Prinzipien. Wenn eine Smoke-Hexe erfuhr, dass jemand in Gefahr war, dann war es die Pflicht der Hexe, diese Person zu beschützen.

Wenn das stimmte, war Jessica ganz sicher in Gefahr.

Wenn ihre Ideen wahr wären ...

Wenn Aubrey existierte und Jessica ihm begegnet war, wieso lebte sie dann noch? Er hatte keine Skrupel, jemanden zu töten, und sie hatte die ganze Welt an jedem schwachen Moment seiner Vergangenheit teilhaben lassen. Und trotzdem – wenn sie im Geiste ihre Unterhaltungen noch einmal durchging, erinnerte sie sich an keinen Moment der Gefahr. Er schien eher mit ihr zu flirten, als sie zu jagen.

Sie musste wissen, ob es die Wahrheit war. Sie kannte diese Figuren besser, als sie Anne kannte. Seit Jahren beherrschten sie ihr Leben und ihre Gedanken. Wenn es auch nur die kleinste Chance gab, dass sie existierten, musste sie es wissen.

Sie brauchte einen Beweis, und um den zu bekommen, musste sie sich mit eigenen Augen davon überzeugen.

17

I N JESSICAS ROMANEN war Neuchaos der Stützpunkt der Vampirmacht in den Vereinigten Staaten. In der Stadt, die vor der menschlichen Welt verborgen war, lebte die herrschende Klasse der Vampire – die Silver-Blutlinie, der auch Aubrey angehörte. Deren Anwesenheit hatte den Ort mit einer Dunkelheit umgeben, von der Jessica wusste, dass sie sie erkennen würde, wenn sie erst dort war.

Sie durchsuchte ihre Manuskripte und fand mehrere Hinweise auf die Lage von Neuchaos, Ramsas heimlicher Nachbarstadt. Sie hatte immer geglaubt, dass sie Neuchaos in der Nähe von Ramsa angesiedelt hatte, weil sie sich hier so gut auskannte, aber vielleicht war stattdessen irgendein Trick der Vampirwelt dafür verantwortlich, dass *sie* sich *hier* niedergelassen hatte.

Ihr fiel eines ihrer Manuskripte ins Auge, das bisher noch ohne Titel war. Die Geschichte handelte von Kaei, der überwiegend menschlichen Kellnerin des Vampirnachtclubs *Las Noches*. Kaei war in der ursprünglichen Stadt Chaos geboren und aufgewachsen, und sie war für das Feuer verantwortlich gewesen, das vor dreihundert Jahren die Stadt beinahe dem Erdboden gleichgemacht hätte. Zur Strafe war sie seitdem über ihr Blut an Jager gefesselt. Kaei war keine Vampirin, aber sie würde nicht altern, solange Jager lebte.

Nach diesem Vorfall hatten die Hexen größtenteils angenommen, Chaos sei für immer zerstört. Als Neuchaos entstand, wurden die sterblichen Machthexen und die unsterblichen Tristes nicht informiert. Die Vampirjäger hatten von Neuchaos nichts gewusst.

Bis *Tiger, Tiger* die Existenz der Stadt enthüllt hatte. Jessica grübelte still über diese letzte Erkenntnis nach, als sie die dunkle Straße hinunterging. Vielleicht lag die Stadt an deren Ende, vielleicht aber auch nicht.

Die Strecke war länger, als ihr lieb war, aber nicht unerträglich lang. Jessica lief etwa vier Kilometer, bevor sie einen schmalen, namenlosen Pfad bemerkte, der von der Straße abzweigte. Normalerweise hätte sie dem Pfad nach all den identischen Häuserzufahrten, an denen sie bisher vorbeigekommen war, keinen zweiten Blick gegönnt, aber heute Nacht entdeckte sie das Zeichen, nach dem sie gesucht hatte: einen Rosenstrauch, der den Stamm einer Eiche emporrankte.

Eine letzte Blüte befand sich noch an dem Strauch, und als sie näher trat, sah Jessica, dass die Blüte schwarz war. Mehr als fünfhundert Jahre lang hatten die Vampire eine schwarze Rose als Symbol benutzt.

Sie kniete sich einen Moment auf den Boden und berührte die seidigen Blütenblätter der Rose mit den Fingerspitzen, während sie versuchte, ihren Atem zu beruhigen. Sie brauchte die Stadt jetzt nicht mehr zu sehen, um sich davon zu überzeugen, dass alles wahr war; ihr Verstand mochte zwar immer noch protestieren, aber sie glaubte es trotzdem. Nun gab es einen anderen, zwingenderen Grund, dem Pfad zu folgen. Er würde sie nach Hause führen. Sie hatte Neuchaos durch Dutzende ihrer Romanfiguren gesehen, aber niemals mit ihren eigenen Augen. Und doch hatte sie, während sie weiterging, das bizarre Gefühl, endlich nach Hause zu kommen.

Der Pfad schien sich endlos zu erstrecken. Die Mutprobe, ihm zu folgen, hätten die meisten Menschen sicher nicht bestanden. Die Dunkelheit war erdrückend, der Wald unnatürlich still. Die Abgeschiedenheit lastete wie ein greifbares Gewicht auf ihr. Und doch begrüßte sie die Nacht und die Einsamkeit wie alte Freunde.

Der Wald lichtete sich so allmählich, dass Jessica die Veränderung kaum bemerkte, bis sie das erste Gebäude von Neuchaos entdeckte. Es war Nyeusiden, was »Schattengrube« bedeutete. Jessica kannte den Namen gut.

Sie lehnte sich gegen die Hauswand, weil ihre Beine plötzlich nachgaben, als die Wahrheit sie mit voller Wucht in den Bauch trat.

Sie war fast betäubt von dem Schock, aber nicht vom Leugnen. Sie glaubte; sie hatte keine andere Wahl, als zu glauben.

Die schwarze Rose war seit mehr als fünfhundert Jahren das Symbol der Vampire; das allein war einschüchternd. Aber fünfhundert Jahre waren nicht mehr als ein Augenzwinkern für einige von Ash Nights Charakteren und einen Moment lang spürte Jessica das Gewicht von all den vielen Leben, mit denen sie in ihren Büchern gespielt hatte. Tausende von Jahren Liebe und Hass,

Schmerz und Freude hatten sich irgendwie in Jessicas menschlichem Unterbewusstsein überlagert.

Einen Augenblick lang fragte sie sich, ob sie hier bleiben sollte, statt in ihre sterbliche Welt zurückzukehren. Sie könnte einfach verschwinden, so wie Chaos vor dreihundert Jahren verschwunden war.

Aber so verlockend die Welt von Ash Night auch sein mochte, Jessica wusste, dass ein Mensch in Neuchaos als minderwertiges Wesen betrachtet wurde. Im Vergleich zu den Vampiren waren Menschen schwache, dumme Kinder. Jessicas Stolz würde nicht zulassen, dass sie sich den Charakteren unterordnete, deren Schwächen sie in ihren Büchern bis zum letzten Detail beschrieben hatte.

Aber es war auch völlig ausgeschlossen, dass sie einfach umkehrte und ignorierte, was sie wusste. Stattdessen verspürte sie den irrationalen Wusch – nein, das unbezähmbare Verlangen –, die Kreaturen ihrer Romane mit eigenen Augen zu sehen.

Wie im Nebel verfolgte sie ihren Weg ins Herz der Stadt, wo sie nicht zögerte, als sie die Tür aufstieß und das Chaos betrat, das den Namen *Las Noches* trug.

Jessica konnte nicht sagen, ob sich der Raum drehte oder doch nur ihr Kopf. Ihr Spiegelbild war von den zerbrochenen Spiegeln bis zur Unkenntlichkeit verzerrt und die schwarzen Möbel schienen sich in dem tanzenden Licht zu bewegen.

Als sie in der Tür stand, wurde sie von einem so starken Gefühl des Erkennens getroffen, dass sie unwillkürlich einen Schritt zurücktrat. Sie kannte fast jeden im Raum.

Eine schlanke, dunkelhäutige Frau lehnte an der Bar. Sie hob das Kristallglas, das sie gerade in der Hand hielt, und nahm einen Schluck von einer breiigen Flüssigkeit, von der Jessica gar nicht wissen wollte, was es war. Sie erkannte allerdings die Vampirin: Es war Fala.

Fala sah auf und bedachte die Schriftstellerin sofort mit einem abschätzigen Blick aus ihren pechschwarzen Augen.

Willkommen in meiner Welt. Falas eisige Stimme hallte in Jessicas Gedanken wider und jagte ihr einen Schauer über den Rücken. *Oder ist es deine Welt?*

Jessica wusste, dass sie einem Test unterzogen wurde, aber sie schüttelte nur den Kopf. *Es ist nicht meine*, dachte sie als Antwort und wusste, dass Fala sie hörte.

Verdammt richtig. Die uralte Vampirin hob ihr Glas, als wolle sie Jessica zuprosten. *Auf das Wissen. Und den Schmerz.*

Jessica verstand die Drohung. Sie drehte sich um und verließ rasch die Bar. Sie hatte nicht vor, sich in irgendeine Auseinandersetzung – welcher Art auch immer – mit Fala verwickeln zu lassen.

Vor dem *Las Noches* blieb sie stehen und lehnte sich gegen die kühle Mauer, damit das Schwindelgefühl nachließ. Aber nach etwa einer Minute zwang sie sich weiterzugehen. Obwohl es den Vampiren nicht erlaubt war, innerhalb der Grenzen von Neuchaos Menschen zu töten, war sich Jessica nicht sicher, ob es jemanden stören würde, wenn Fala bei Ash Night eine Ausnahme machte.

18

Jessica hatte Neuchaos kaum verlassen – sie befand sich immer noch in dem Wald, durch den der einzige Pfad zurück zur Menschenwelt führte –, als sie hinter sich die Blätter rascheln hörte.

Sie fuhr zu der möglichen Bedrohung herum und stieß ein ersticktes Keuchen aus, als sie Aubrey erkannte.

Er gab sich nicht die geringste Mühe, wie der menschliche Alex Remington zu wirken. Den goldenen Anhänger hatte er durch ein nietenbesetztes Hundehalsband ersetzt, außerdem trug er ein enges, schwarzes T-Shirt, das die vielen Tätowierungen auf seinen Armen entblößte: Fenris auf dem rechten Handgelenk und Echidna, die griechische Mutter aller Monster, auf dem linken Oberarm. Die nordische Midgardschlange ringelte sich um sein linkes Handgelenk und seit kurzem trug er noch ein weiteres Tattoo: Zerberus, den dreiköpfigen Hund, der die Tore zum Hades bewacht. Die Midgardschlange wurde zum Teil von einer Scheide aus schwarzem Leder verdeckt, die das silberne Messer hielt, das Aubrey vor ein paar tausend Jahren einem Vampirjäger abgenommen hatte.

Seine Haare waren ziemlich zerzaust, als wäre er gerannt, und ein paar Strähnen fielen ihm ins Gesicht.

Als sie ihn jetzt betrachtete, konnte Jessica kaum glauben, dass sie ihn je für menschlich gehalten hatte. Aber die Kunst der Illusion war Aubreys Spezialität. Und es war einfach, Leute zu täuschen, die nichts anderes erwarteten.

Im Moment erschien Aubrey ihr als genau das, was er auch war: überwältigend, boshaft und absolut tödlich. Sie konnte die Aura von Macht spüren, die ihn umgab – eine greifbare Empfindung, die wie eine kühle Luftblase in der stillen Nacht hing. Hier, außerhalb der Grenzen der sonnendurchfluteten Welt, entsprach Aubrey mit jedem Zoll dem dunklen, verführerischen Vampir des berühmten Mythos.

»Du gehst schon wieder?«, fragte er und warf einen kurzen Blick über die Schulter nach Neuchaos.

Jessica dachte an Fala. »Ich wäre gerne länger geblieben, aber die Drohungen waren nicht besonders ermutigend.« Ihr Tonfall war trotz ihrer wahren Worte unbeschwert. Sie hatte schon immer Sarkasmus und Scherze der Angst und dem Flehen vorgezogen.

»Viele verlangen nach deinem Blut«, antwortete Aubrey ernst, »aber tatsächlich würden es nur sehr wenige meiner Artgenossen wagen, dich zu töten.«

Sie konnte seinen Gesichtsausdruck nicht deuten, als er diese Worte sagte, aber da war etwas, dicht unter der Oberfläche – eine Nuance, die sie nicht verstand. Allerdings wusste sie, dass es gefährlich war, einem Vampir direkt in die Augen zu sehen, und so versuchte sie nicht, die Wahrheit in seinen Augen zu finden, wie sie es sonst getan hätte.

Stattdessen trat sie angriffslustig einen Schritt vor. Sie war dieses Ratespiel Leid. »Ich nehme mal an, dass du zu diesen wenigen gehörst«, sagte sie, aber irgendwie klangen ihre Worte falsch.

Aubreys Stimme war weich, als er antwortete. »Ich bin einer der Gründe, warum sie es nicht wagen würden.«

»Und warum?«, fragte sie und kam noch näher.

Er antwortete nicht, sondern musterte sie nur mit beunruhigend intensivem Blick.

»Ich mag es nicht, wenn man mit mir spielt, Aubrey«, verkündete Jessica. Sie versuchte, ihre Gedanken zu ordnen und sich zu konzentrieren. »Wenn du vorhast, mich umzubringen, oder wenn es sonst jemand beabsichtigt, dann tut es. Ich habe Besseres zu tun, als darauf zu warten.«

Aubrey wirkte leicht amüsiert, aber gleichzeitig konnte sie sehen, dass er sich in die Defensive gedrängt fühlte. Er war es nicht gewöhnt, dass ein Mensch so kühn mit ihm redete. Aber er hob eine Augenbraue und bedeutete ihr weiterzusprechen.

Sie antwortete, indem sie ihm eine Ohrfeige gab, hart genug, dass sein Kopf zur Seite flog und ihre Handfläche schmerzte.

Das hatte sie nicht geplant. Zu lange hatten Ungeduld, Wut und Verwirrung ihr Leben beherrscht und diese Begegnung war einfach zu viel gewesen.

Sie hatte sich gewünscht, dass er sie ernst nehmen würde, und das hatte sie nun erreicht. In seinen Zügen spiegelte sich statt leiser Belustigung pures Entsetzen.

Jessica wusste, dass er die meisten Menschen aus weitaus geringerem Anlass töten würde, aber im Moment war sie zu aufgewühlt, um sich zu fürchten.

19

AUBREYS ERREGUNG WAR nicht weniger stark als Jessicas. Noch nie im Leben hatte ihn ein Mensch derart überrascht. Und obwohl sie gerade etwas schockierend Tollkühnes getan hatte, war ihr Gesichtsausdruck ohne die geringste Spur von Angst.

Sie stand noch immer ganz dicht vor ihm. Ihre ebenholzfarbenen Haare fielen wie ein Wasserfall in der Schwärze der Nacht über ihre Schultern.

»Also? Was habt ihr Vampire mit mir vor?«, fragte sie energisch. »Warum bin ich noch nicht tot?«

»Darüber sind sich wohl noch nicht alle einig«, antwortete er und versuchte, seine Stimme unbeschwert klingen zu lassen.

»Du bist der Einzige hier. Was hält dich ab?« Sie forderte ihn heraus, erwiderte seinen Blick ohne das geringste Zögern.

Sie stand vor ihm, die Arme über der Brust verschränkt, den Kopf hoch erhoben, als würde sie auf ihn hinunterblicken, das schwarze Haar aus dem Gesicht geschüttelt, die grünen Augen stark und herausfordernd. Ihre selbstbewusste Haltung glich der eines Raubtiers.

Zum Raubtier musste man geboren sein. Selbst einige

der Vampire verhielten sich wie Beute. Jessica hingegen benahm sich, als hätte sie vor nichts Angst.

»Also?«, wiederholte sie und beugte sich vor. Sie kam ihm bewusst zu nahe, um eine Reaktion zu erzwingen.

»Was willst du von mir?«, fragte Aubrey schließlich. Ihr Geist war einen Moment lang ein weißes Blatt für ihn. Trotz all der Jahre, in denen gelernt hatte, jede Situation zu manipulieren, hatte er keine Ahnung, was sie von ihm erwartete.

»Ich weiß genauso viel über Vampire wie du«, sagte Jessica. »Vielleicht sogar mehr. Ich habe es alles aufgeschrieben und anderen Menschen die Möglichkeit gegeben, es zu lesen. Ich habe ihnen sogar von dem einzigen Kampf erzählt, den du in deinem Leben bisher verloren hast. Und ich werde nicht aufhören zu schreiben, ganz egal, wie oft deine Artgenossen mich mit dem Tod bedrohen. Ich habe keine Angst vor dem Unausweichlichen.« Sie machte einen letzten Schritt auf ihn zu, so dass sie ihm die Worte praktisch ins Gesicht spuckte. »Was willst du deswegen unternehmen?«

Jessica sah ihm furchtlos in die Augen. Sie stand so dicht vor ihm, dass er ihren Atem spüren konnte, aber er wich nicht zurück, sondern blieb mit locker herunterhängenden Armen stehen. Sie verharrten wie zwei Wildkatzen vor einem Kampf, von denen jede sich weigerte, als Erste zur Seite zu sehen.

Aubrey war von der Farbe ihrer Augen beeindruckt: ein perfektes Grün, das er noch nie zuvor bei einem Menschen gesehen hatte – es war irgendwie unglaublich tief. Einen Moment lang spürte er die gleiche Verwirrung, die sein eigener Blick sonst so oft bei anderen hervorrief.

Nun war er vollends schockiert. Jessica hatte ihm furchtlos in die Augen geblickt und nun war er der Gefangene.

Er blinzelte einmal, um einen klaren Kopf zu bekommen, und seine Gedanken kehrten zu ihrer Frage zurück.

In den letzten Tagen hätte er sie für ihr unbewusstes Wissen und ihre sture Unschuld manchmal erwürgen können und ein- oder zweimal hatte er sich vorgestellt, dass er einfach seine Zähne in diese blasse, zarte Kehle bohren würde, die heute Nacht durch ihre Kleidung, auch noch hervorgehoben wurde. Aber meistens hatte er allerdings den Drang verspürt, genau das zu tun, wonach es ihn auch jetzt verlangte.

»Was ich deswegen unternehmen will?«, dachte er laut.

Jessica keuchte, als er einen Arm um ihre Taille legte und sie die letzten Zentimeter, die sie noch trennten, heranzog. Bevor sie reagieren konnte, hatte er seine Lippen auf ihre gedrückt. Der Kuss war intensiv, aber schnell vorbei, dann brachte er sich von ihr fort.

20

Nachdem Aubrey verschwunden war, stand Jessica einige Minuten lang wie angewurzelt da; dann ließ sie sich gegen einen Baum fallen und versuchte, den Sinn der Ereignisse zu erkunden.

Sie hatte geglaubt, heute Nacht dem Tod zu begegnen. Sie hatte beschlossen, ihm unerschrocken entgegenzutreten. Aber stattdessen ...

In Gedanken wiederholte sie die Szene, Bild für Bild. Die Stille, während sie darauf gewartet hatte, dass Aubrey auf ihre Herausforderung antwortete. Sein Anblick, als er wie eine Kreatur, die aus dem Atem der Nacht selbst gemacht zu sein schien, vor ihr stand.

Schließlich war da das kurze Gefühl von seinen Lippen auf ihren gewesen – zu kurz, als dass sie hätte reagieren können, aber machtvoll genug, um jeden Einzelnen ihrer Gedanken durcheinander zu bringen.

Wenn er sie einfach getötet hätte, hätte sie es verstanden. Aber dies ... dies konnte sie nicht erklären.

Auch die Nachtluft war nicht in der Lage, ihre Gedanken abzukühlen, als sie nach Hause lief und sich schließlich kurz vor ein Uhr morgens in ihr Zimmer schlich.

An Schlaf war nicht zu denken und so ging sie fast eine

Stunde lang rastlos auf und ab, bis sie den Computer in der Hoffnung einschaltete, sich in ihren Geschichten verlieren zu können. Irgendwann kurz vor Sonnenaufgang überwältigte die Müdigkeit endlich ihren ruhelosen Geist. Sie träumte.

Ein paar Augenblicke lang wusste Jazlyn nicht, was mit ihr geschehen war oder wer sie war. Sie erinnerte sich undeutlich an ein Treffen mit einer Hexe, die sich selbst Monica Smoke nannte und die ihr angeboten hatte, Jazlyn ihre mit so viel Mühe verlorene Menschlichkeit wiederzugeben.

Aber warum hatte die Hexe ihr dieses Angebot gemacht? Warum hatte Jazlyn es akzeptiert? In ihrem Kopf war alles so verschwommen. Monica hatte Angst gehabt, mit Jazlyn auch nur zu sprechen. Warum hatte sie ihr das Leben zurückgegeben, das Jazlyn so bereitwillig weggeworfen hatte?

Jazlyns Gedanken wanderten zu der Nacht, in der sie gestorben war.

Sie hatte die schwarzhaarige Kreatur mit den grünen Augen, die sich Siete nannte, seit Jahren gekannt und Unsterblichkeit war ihr oft angeboten worden. Sie hatte jedes Mal abgelehnt. Schließlich war sie fünfundzwanzig, verheiratet und führte ein perfektes Leben.

Siete hatte zweimal vorher Menschen gegen ihren Willen verwandelt und beide Male war das Ergebnis ein Desaster gewesen, deshalb nahm er Jazlyns Weigerung anstandslos hin.

Dann hatte sich alles geändert. Carl, die Liebe ihres

Lebens, der Mann, mit dem sie seit drei Jahren verheiratet war, war von einem betrunkenen Autofahrer überfahren worden. Er starb in einem Krankenhausbett, während sie im Wartezimmer weinte.

Ihre Eltern waren beide vor mehreren Jahren gestorben und sie hatte nur sehr wenige Freunde. Es gab also niemanden, bei dem sie sich hätte ausweinen können. Einzig der unsterbliche Siete war für sie da.

Sie sagte immer noch nein. Unsterblichkeit war nicht das, was sie wollte. Unsterblichkeit ohne Carl war sinnlos. Sie wollte nur allein sein und Zeit zum Trauern haben. Aber selbst das war ihr nicht vergönnt ...

Ein Klopfen an der Tür riss Jessica aus dem Schlaf.

Sie hob den Kopf von der Schreibtischplatte und rieb sich die Augen, als sie hörte, wie Anne ihren Namen rief. Nach der Uhr in ihrem Computer war es jetzt kurz nach zehn am Morgen.

Fünf Stunden Schlaf an ihrem Schreibtisch hatten Jessica einen steifen Nacken beschert. Sie stand auf und streckte sich, dann fuhr sie den Computer herunter und öffnete die Tür.

Anne, die ihr bestes Kleid trug, hatte gerade noch einmal klopfen wollen.

»Bist du zu früh dran oder geht meine Uhr falsch?«, fragte Jessica verwirrt, weil Anne für die Kirche zurechtgemacht war, obwohl sie erst in einer Stunde losgehen musste.

»Ich habe Hasana Rashida gesagt, dass ich mich vor der Messe auf einen Kaffee mit ihr treffe«, erklärte Anne.

»Hasana ist die Mutter von deiner Freundin Caryn. Hast du sie schon kennen gelernt?«

Jessica nickte kurz und schaffte es, nichts hinzuzufügen, was Anne vielleicht beleidigen könnte.

»Caryn wird auch da sein, wenn du also mitkommen willst ...«, fügte Anne hoffnungsvoll hinzu. Sie sprach diese Einladung jede Woche aus, obwohl Jessica sie immer wieder ausschlug.

Ein Teil des Traumes nagte noch an ihr: Monica *Smoke*. Wenn jemand etwas über Jazlyn wusste, dann Monicas Verwandte.

Allerdings hatte sie nicht die geringste Lust auf Smalltalk mit Caryn und Hasana, deshalb lehnte sie das Angebot ab und beschloss stattdessen, mit einer von beiden vor der Kirche zu reden. Sie duschte und zog sich langsam an, während Anne ihre Sachen zusammensuchte und das Haus verließ.

Jessica ging zu Fuß und erreichte die Kirche etwa eine Viertelstunde vor Beginn der Messe. Sie wartete an der Ecke des Gebäudes, als Hasana, Caryn und Anne lachend näher kamen. Sie vermied es, ihre Aufmerksamkeit zu erregen, und ihr war insgeheim bewusst, dass sie sich beinahe wie eine ihrer Romanfiguren verhielt, die ein Opfer verfolgten.

Als Hasana und Anne sich unmittelbar vor dem Eingang zur Kirche in der Menge verloren, packte Jessica Caryn am Arm.

»Caryn, ich muss mit dir reden«, sagte sie halblaut.

Das Mädchen zuckte leicht zusammen, schien sich aber zu entspannen, als es bemerkte, wer nach ihm gegriffen hatte. Die beiden schlüpften durch die Menge zu einer weniger belebten Ecke auf dem Kirchenfriedhof.

»Und zwar über was?«, fragte Caryn.

Aber bevor Jessica antworten konnte, sog die junge Hexe keuchend die Luft ein. Ihr Gesichtsausdruck erstarrte in einer Maske des Entsetzens, während sie auf die Seitenwand der Kirche deutete.

Es dauerte einen Moment, bis Jessica begriff, was Caryn sah. In derselben Sekunde, als es ihr klar wurde, rannte sie über den Friedhof – auf Anne und den Vampir zu, der sie festhielt.

Jessica kannte den Vampir nicht, was sie als gutes Zeichen nahm; wenn sie nicht über ihn geschrieben hatte, war er vermutlich nicht sonderlich stark. Sie verließ sich auf diese Tatsache.

Zunächst zerrte sie den Vampir von Anne weg und rammte ihm die Faust gegen das Kinn, bevor er Zeit hatte zu begreifen, was eigentlich passierte. Anne stolperte rückwärts gegen die Wand, und Caryn und Hasana hasteten von entgegengesetzten Enden des Friedhofs auf sie zu. Die restlichen Messegänger, die eindeutig unter der geistigen Kontrolle des Vampirs standen, unterhielten sich weiter, während sie sich fröhlich auf den Weg ins Innere der Kirche machten.

Bevor Jessica eine Chance hatte, nach Anne zu sehen, drehte sich der Vampir zu ihr um und versetzte ihr einen derart harten Schlag, dass sie sich auf dem Boden wiederfand und sich alles um sie herum drehte.

Der Vampir blickte nervös von den Hexen und Anne zu der Gruppe von Leuten, die vor dem Kirchenportal standen, und Jessica konnte seine Gedanken beinahe lesen. Wenn Caryn und Hasana sich einmischten, verlöre er die Kontrolle über die Menge und diese ganze Begegnung würde noch viel unerfreulicher.

Dann wandte er sich wieder Jessica zu und starrte sie einen endlosen Moment grimmig an. Sie wollte aufstehen, verlor aber immer wieder das Gleichgewicht; vermutlich hatte er mit diesem kleinen, liebevollen Klaps eine Gehirnerschütterung verursacht. Sie versuchte, sich für seinen nächsten Schlag zu stählen, aber da war er schon verschwunden.

Warum war er gegangen, wenn er sie in einem Augenblick hätte töten können? Plötzlich fiel ihr die Unterhaltung von letzter Nacht wieder ein.

Es würden nur sehr wenige meiner Artgenossen wagen, dich zu töten.
Ich nehme mal an, dass du zu diesen wenigen gehörst.
Ich bin einer der Gründe, warum sie es nicht wagen würden.

»Danke, Aubrey«, sagte sie leise.

Caryn eilte von Anne zu Jessica hinüber. Ihr Gesicht war blass und einen Moment lang sagte sie nichts.

Jessica versuchte noch einmal aufzustehen und die Schwärze, die sie unvermittelt überkam, machte sie einen Augenblick blind. Caryn umfasste ihren Arm, um ihr aufzuhelfen, dann berührte sie vorsichtig Jessicas Kopf an der Stelle, wo der Vampir sie getroffen hatte.

Das Mädchen fuhr zurück, als es den warmen Energiestrom spürte, der von Caryn auf es überging.

»Jessica ...«

»Ich bin okay«, fauchte sie, wütend über ihre eigene Schwäche. Sie weigerte sich, Carys Hilfe zu akzeptieren.

Aber als sie sich losriss, zwang sie sich zu einem »Danke«. Das Schwindelgefühl war vollkommen verschwunden.

Als sie ihre Gedanken wieder beisammen hatte, fragte Jessica: »Was ist mit Anne?«

Caryn sah zu ihrer Mutter, die nur den Kopf schüttelte.

Jessicas Beine gaben unter ihr nach.

»Jessica, es tut mir Leid ...« Hasana redete weiter, aber das Mädchen hörte die Worte kaum.

Caryn versuchte, ihre Hand zu nehmen, aber sie schüttelte sie ab und ging zu Anne hinüber.

Ihre Adoptivmutter war blass, aber Jessica konnte sehen, dass sie nicht an Blutverlust gestorben war. Der Vampir hatte dazu keine Zeit gehabt und so hatte er ihr stattdessen das Genick gebrochen.

Sie ballte die Hände zu Fäusten, bis ihre Fingernägel so sehr in die Handflächen schnitten, dass es blutete. Warum hatte er sie getötet? Das hatte er mit Absicht getan und nicht, weil er nur trinken wollte.

Als sie die Hand der toten Frau ergriff, bemerkte Jessica einen Zettel, der in Annes Faust steckte. Sie zog ihn heraus und brauchte nicht mehr als die erste Zeile zu lesen, um die Seite aus *Dunkle Flamme* zu erkennen. Es war eine Passage, in der der Fala beschrieben wurde.

Auf der Rückseite standen vier Worte in tiefschwarzer Tinte: *Bleib, wo du hingehörst.*

Jessica merkte, dass sie vor Wut zitterte – Wut auf den

namenlosen Vampir, der Anne getötet hatte, und vor allem auf Fala, die ihn dazu angestiftet haben musste.

Fala wäre nie in der Lage gewesen, einen ihrer Artgenossen davon zu überzeugen, sich Aubreys Wünschen direkt zu widersetzen, selbst wenn sie Jessica aus irgendeinem Grund nicht mit ihren eigenen Händen umbringen wollte. Aber Anne war für sie ungeschützte und hilflose Beute.

Hasana legte eine Hand auf Jessicas Schulter. »Komm, Jessica. Dieser Sache können sich andere Leute annehmen. Du musst nicht hier bleiben.«

Jessica schüttelte Hasanas Hand ab, während sie immer noch auf den einzigen Menschen blickte, der sich je die Mühe gemacht hatte, sich um sie zu kümmern.

21

Aubrey lief in seinem Zimmer auf und ab, wie er es auch getan hatte, nachdem er Jessica Allodola zum ersten Mal begegnet war, und versuchte seine Gefühle einzuordnen. Es war fast Mittag und er war immer noch wach; das allein genügte, um ihn in gereizte Stimmung zu versetzen. Zusammen mit seiner Verwirrung über die Begegnung von letzter Nacht war er in der richtigen Laune, einen Kampf anzuzetteln.

Zuerst hatte er weggesehen. Er konnte nicht anders, als sie dafür zu respektieren. Ganz zu schweigen von ihrer selbstmörderischen Herausforderung ...

Nicht ganz so selbstmörderisch, unterbrach er seine eigenen Gedanken, als er sich erinnerte. *Schließlich hatte sie gewonnen.*

Jessica war wie eine Sandviper: schön, auf den ersten Blick ungefährlich, aber furchtlos und tödlich giftig.

»Zur Hölle mit dir, Fala«, flüsterte er, als der Spott der Vampirin in seinen Gedanken widerhallte: *Wenn ich es nicht besser wüsste, würde ich annehmen, dass sie dir gefällt.* »Warum musst du immer Recht haben?«

Fala hatte auf Jessicas physische Attraktivität angespielt, aber natürlich war es weit mehr als das. Die Wirklichkeit war viel gefährlicher, sowohl für seine eigene Position – was für jede emotionale Bindung zu einem Menschen galt – als auch für Jessica, falls einer seiner vielen Feinde die Wahrheit erriet.

Furchtbar wütend auf sich selbst, weil er zugelassen hatte, dass dieses Mädchen ihm zu nahe kam, ging er in den Nachtclub, wo ihn augenblicklich Fala selbst abfing. Offenbar war er nicht der Einzige, der an diesem Morgen nicht schlafen konnte.

»Du hast sie nicht getötet«, beschuldigte die Vampirin ihn, sobald sie ihn erblickte. »Sie stolzierte in unserem Land herum, als wäre es ihr Eigentum, sie bettelte praktisch um ihren Tod und *du hast sie nicht getötet.*«

»Nein, habe ich nicht«, antwortete er murrend.

»Aubrey ...«

»Warum bist du so besessen von dem Tod dieses einen Menschen?«, fauchte er.

»Sie ist eine Bedrohung«, erwiderte Fala ruhig, offensichtlich entzückt darüber, dass er gleich die Kontrolle verlieren würde. Sie sah beinahe belustigt aus und das machte ihn vorsichtig. Die Vampirin war klug; sie würde seine wahren Gefühle für Jessica am ehesten entdecken.

»Und wieso?«, fragte er. »Nur weil sie über Dinge schreibt, die fast jeder Vampir in dieser Welt sowieso schon weiß und die die meisten Sterblichen als Fiktion abtun?«

»Die *meisten* ist das Schlüsselwort dabei, Aubrey«, wies Fala ihn zurecht. »Hast du etwa diese nicht ganz unbedeutenden Sterblichen vergessen, die man Vampirjäger nennt? Kala ist *tot,* Aubrey. Deine Blutsschwester, Athers zweiter Zögling. Sie wurde von einer Hexe praktisch auf den Stufen vom *Las Noches* erwischt. Diese Hexe hätte ohne Ash Night nicht einmal gewusst, dass dieser Ort existiert.«

»Jessica hatte nichts damit zu tun, dass Dominique Vida das *Las Noches* gefunden hat«, widersprach Aubrey. »Und seit wann hast du Angst vor Vampirjägern?«

Fala stieß einen seltsamen Laut aus, halb Schrei, halb Fluch, als sie anfing, die Geduld zu verlieren. »Was wird sie als Nächstes schreiben, Aubrey? Sie ist nur aus einem einzigen Grund so weit gekommen, weil *du* sie beschützt. Schön, du hast also deine Macht demonstriert. Warum bringst du sie jetzt nicht endlich um?«

Er weigerte sich, darauf zu antworten, und wandte sich von ihr ab.

Hinter ihm kicherte Fala boshaft. »Es stimmt, nicht wahr? Sie gefällt dir. Ich hatte die ganze Zeit Recht.«

Aubrey fuhr herum, als hätten ihre Worte ihm einen Schlag versetzt.

»Ich gebe ja zu, dass sie eine gut aussehende junge Frau ist«, sagte die Vampirin. »Aber darum geht es nicht, oder? Du hast ...«

»Fala«, warnte er sie mit drohender Stimme.

»Weißt du, es ist nicht ungewöhnlich«, fuhr Fala fort und sie schien sich noch mehr zu amüsieren als vorher. »Das ist der Fluch unserer Blutlinie, könnte man sagen. *Liebe.*« Sie spuckte das Wort aus, als wäre es ein Insekt.

Schließlich hatte Aubrey seine Stimme wieder unter

Kontrolle.« Und kein Fall zeigt das besser als deiner. Ist dieser Fluch, wie du es nennst, nicht dafür verantwortlich, dass du hier bist? Ist das nicht der Grund, warum Jager dich damals verwandelt hat?« Jager und Fala hatten sich getroffen, als sie in einer der sandigen Zellen Ägyptens auf den Tod wartete. Er hatte sie noch in derselben Nacht verwandelt. Es war immer noch für jeden Idioten offensichtlich, wie sehr sich die beiden mochten.

Fala versuchte zu kontern, aber Aubrey redete weiter. »Ganz zu schweigen von Moira. Es sieht schwer danach aus, als hätte diese schreckliche, ansteckende Krankheit dich gleich mehrere Male erwischt.« Falas Augen wurden schmal, als der Name ihrer geliebten Moira fiel.

Dann seufzte sie. »Sieh nur, was sie mit dir angestellt hat, Aubrey«, sagte sie mit sanfter, fast mitfühlender Stimme. »Töte sie ... oder verwandle sie. Wenn du wirklich so viel von ihr hältst, dann gib ihr dein Blut. Mach mit ihr, was du willst, aber *halte sie auf*.« Sie schwieg einen Moment, plötzlich entmutigt. »Weißt du, Silver hat Jager einmal denselben Rat gegeben – wegen Kaei.«

Aubrey erinnerte sich an die Diskussion, die stattgefunden hatte, kurz nachdem Kaei Silvers Arm aufgeschlitzt und kurz bevor sie fast ganz Chaos abgefackelt hatte.

»Ich glaube kaum, dass das relevant ist«, antwortete Aubrey. »Jessica wird bestimmt nicht ...«

»Ich glaube, dass es sehr relevant ist«, unterbrach Fala ihn. »Jager weigerte sich, sie zu töten.«

22

Hasana hatte darauf bestanden, dass Jessica mit zu ihnen nach Hause kam, statt bei der Polizei und den Sanitätern zu bleiben. Was auch immer sie für Jessica empfand, Hasana war immer noch eine Mutter und Jessica konnte die mütterliche Fürsorge in ihrem Verhalten deutlich erkennen.

Anfangs weigerte sich Jessica, mit zur Familie Smoke zu gehen, aber sie gab nach, als Hasana Caryn losschickte, ihre Sachen zu holen – ihren Computer eingeschlossen. Zumindest verstanden sie, dass Jessica nirgendwo hingehen würde, wo sie nicht schreiben konnte.

Ihre Wut über Annes Tod war inzwischen einer trostlosen Apathie gewichen, die sie so sehr lähmte, dass sie, als sie das Haus der Rashidas betrat und sich Dominique Vida gegenüber sah, nicht einmal die Energie für eine bissige Bemerkung fand.

Die Vampirjägerin war trotz ihrer klassischen Schönheit so freundlich und gesellig wie ein Eiszapfen. Die Luft um sie herum summte, so sehr war sie bemüht, ihre Energie zu kontrollieren. Vielleicht war Jessicas Apathie gar nicht so schlecht; unter anderen Umständen wäre sie womöglich versucht gewesen, Dominique auf der Stelle zu töten.

Anders als die Smoke-Blutlinie kannte Jessica Dominique und ihre Mitstreiter sehr gut. Die Jägerin hatte so viele der Vampire ermordet, die Jessica kannte und die ihr etwas bedeuteten, dass das Mädchen einen tiefen Hass gegen die Hexe entwickelt hatte, bevor es ihr je begegnet war.

Erst als Caryn ihr eine Hand auf die Schulter legte, wurde sich Jessica bewusst, dass sie Dominique mit Todesverachtung im Blick anstarrte. Die Vampirjägerin erwiderte den Blick ebenso intensiv.

»Was will die denn hier?«, fragte Dominique barsch.

Caryn ergriff die Initiative und führte Jessica ins Gästezimmer, während Hasana sich um Dominiques Fragen kümmerte.

»Du solltest dich ein bisschen ausruhen«, schlug Caryn vor und versuchte damit, Jessica aus ihrer Welt, die sich nur um Tod und Schmerz und Hass drehte, zu reißen.

»Nur, wenn ich die Sicherheit habe, dass mich niemand umbringt, während ich schlafe«, antwortete Jessica und sah durch die Tür, als könnte Dominique jeden Moment den Flur entlangkommen.

Caryn sah entsetzt aus. »Sie würde doch nie ...« Ihre Stimme verlor sich. »Warum sollte sie dich verletzen wollen?«

Jessica zuckte die Achseln. Wenigstens auf diese Frage gab es eine einfache Antwort. »Weil ich nicht anders kann, als sie zu hassen«, sagte sie wahrheitsgemäß.

»Und weil sie weiß, dass ich lieber ein Vampir wäre als deren Beute.« Jessica dachte an die arme Anne, die schlicht und einfach tot war, ganz egal, wie viele Vampire Dominique und ihre Mitstreiter getötet hatten.

»Ich werde bei Gelegenheit daran denken«, antwortete Dominique, die in genau dem Augenblick mit Hasana das Zimmer betreten hatte. Caryn wurde blass.

»Niemand wird irgendjemanden in meinem Haus verletzen«, erwiderte Hasana streng. »Jessica, du weißt im Moment nicht, was du sagst ...«

»Doch, das weiß sie«, unterbrach Dominique Hasana. Sie wandte sich zu Jessica um und sagte schroff: »Wenn du lieber bei ihnen wärst, dann geh. Ich werde dich nicht aufhalten. Aber falls du ihre Seite wählst, werde ich dich auch nicht beschützen.«

»Ich brauche Ihren Schutz nicht!«, schrie Jessica ihr entgegen.

»Jessica, bitte, ruh dich ein bisschen aus«, redete Hasana ihr gut zu. »Und du, Dominique, lass gefälligst das arme Mädchen in Ruhe. Seine Mutter ist gerade ermordet worden.« Mit diesen Worten schob sie Dominique aus dem Zimmer. Die Jägerin hatte keine Einwände; sie hatte alles gesagt, was sie sagen wollte.

Jessica verspürte kein Verlangen nach Schlaf und das erklärte sie Caryn auch.

»Du solltest es zumindest versuchen«, erwiderte Caryn. »Es würde dir helfen, einen klaren Kopf zu bekommen.«

Aber Jessica begann, auf und ab zu laufen.

Da packte Caryn sie am Arm und wenige Sekunden

später übermannte Jessica der Schlaf. Später kam ihr der Gedanke, dass Caryn trotz ihrer Passivität immer noch eine mächtige Hexe war. Sie hatte Jessicas Geist problemlos in Schlaf versetzt.

Jazlyn sagte nein. Unsterblichkeit war nicht das, was sie wollte. Sie wollte nur allein sein und Zeit zum Trauern haben. Aber selbst das war ihr nicht vergönnt.

Eine Woche nach Carls Tod entdeckte Jazlyn, dass sie schwanger war. Wenn man sie sah, wäre man nie auf diese Idee gekommen, aber die Tests waren alle positiv.

Warum konnte das Universum sie nicht in Ruhe lassen? Sie war erst fünfundzwanzig und sie war Witwe. Wie konnte sie allein ein Kind großziehen? Carls Kind verdiente etwas Besseres als das, was sie, die sie immer noch von Trauer überwältigt war, ihm bieten konnte.

Es war ein grausamer Gott, der ihr dieses Leben gegeben hatte.

Als Siete sie das nächste Mal besuchte, sagte Jazlyn nicht nein. Sie wusste, dass jedes Leben, in dem sie erwachen würde, besser als das wäre, welches sie verließ.

Aber jede Entscheidung, die man aus Verzweiflung trifft, bereut man später. Die Welt der ewigen Nacht und Gesetzlosigkeit war nicht besser als die menschliche Welt, vor der Jazlyn geflohen war, nur dass sie jetzt keine andere Wahl mehr hatte.

Die Jahre vergingen und verblassten, bedeutungslos und leer. Jazlyn erinnerte sich oft an Dinge wie den Strand, an dem Carl um ihre Hand angehalten hatte. Sie erinnerte sich an ihre Heirat unter freiem Himmel und an die Flitterwochen in Frankreich.

Sie weinte viel. Das war überhaupt nicht das, was sie gewollt hatte.

Kurz nach dem Valentinstag 1983 besuchte Jazlyn zum ersten Mal seit seiner Beerdigung Carls Grab. Sie wischte die dünne Schneeschicht beiseite und las zum ersten Mal die Inschrift auf dem Stein: »Carl Raisa, 1932–1960. Vom Himmel werde ich auf meine Lieben herabsehen. Mein Tod ist nicht das Ende, im Himmel werde ich wieder vereint sein mit denen, die ich liebe.«

Aber so würde es nicht sein, denn sie würde nie den Himmel erreichen. Ihre Art war böse; sie hatte so oft getötet, um ihren Blutdurst zu löschen, dass ihr niemals vergeben werden würde.

Jazlyn lag in dieser Valentinsnacht weinend auf dem verschneiten Friedhof und frage sich, warum die Welt ausgerechnet sie so quälte.

Und so hatte die Hexe, die sich Monica Smoke nannte, sie gefunden: wie sie um ihren geliebten Mann weinte. Monica war die Erste seit mehr als zwanzig Jahren, bei der sie sich ausweinen konnte. Dann hatte sie sich Jazlyns Geschichte angehört und ihr die eine Sache zurückgegeben, von der sie geglaubt hatte, dass sie für immer verloren wäre: ihr Leben.

23

Sobald sie wach war, machte sich Jessica auf die Suche nach ihren Gastgebern. Sie konnte ein Aufeinandertreffen mit Dominique Vida vermeiden, als sie zu Caryns Zimmer ging.

»Kennst du irgendjemanden in deiner Linie, der Monica heißt?«, fragte sie, während sie die Tür hinter sich schloss.

»Ja«, sagte Caryn nach einem Moment des Zögerns. »Sie war meine Tante, die Schwester meiner Mutter.«

»War?«

»Sie ist gestorben. Meine Mutter hat mir jedoch nie erzählt, wie.« Caryn runzelte die Stirn. »Warum, Jessica? Was ist los?«

Jessica, deren Gedanken um ihre eigenen Fragen kreisten, antwortete nicht. »Hast du je von jemandem namens Jazlyn Raisa gehört?« Jessica war entschlossen, die Umstände ihrer Geburt zu verstehen, auch wenn das der einzige Teil ihres Lebens sein sollte, den sie verstand.

»Jazlyn Raisa ... Nein. Aber meine Mutter vielleicht.«

Jessica nickte schnell.

»Jessica, worum geht es dabei?«

Sie schüttelte die Frage ab, zu ungeduldig, Hasana zu finden und die Wahrheit zu erfahren.

Als das Mädchen die Küche betrat, sah Hasana von dem Essen auf, das sie gerade zubereitete. Sie schien seine Not zu spüren.

»Jessica, brauchst du etwas?«

»Jazlyn Raisa«, antwortete die Angesprochene ohne Einleitung. »Ich muss wissen, wer sie war.«

Hasanas Gesicht spiegelte ihr Misstrauen deutlich wider. Sie schwieg einen Moment, atmete ein und fragte dann: »Was weißt du über Raisa?«

»Sie war eine Vampirin, ein direkter Zögling von Siete«, erwiderte Jessica. »Und Ihre Schwester hat ihr angeboten, ihr das Leben wiederzugeben.«

Hasanas Augen wurden schmal. »Ich glaubte nicht, dass es möglich sein würde, aber Monica bestand darauf, dass sie es fertigbringen würde. Sie starb bei dem Versuch und ich habe nie wieder etwas von der Sache gehört.«

»Sie hatte Erfolg«, erzählte Jessica ihr.

»Raisa hatte es nicht verdient«, brummte Hasana. »Wenn du so viel weißt, warum fragst du mich dann?«

»Jazlyn war schwanger, als Siete sie verwandelte«, erklärte Jessica und sie bemerkte Hasaneas schockierte Miene. »Ich möchte wissen, was aus dem Kind wurde, als Jazlyn wieder ein Mensch wurde.«

Die Idee schien weit hergeholt. Obwohl Jessica eine ganze Menge über Vampire wusste, hatte sie noch nie von einem gehört, der je wieder zu einem Menschen wurde – mit Ausnahme von dem, was ihre Träume ihr über Jazlyn erzählten. Nur eine Hexe konnte wissen, ob ein Ungeborenes, das der Gebärmutter einer Vampirin entstammte, gemeinsam mit seiner Mutter wieder lebendig werden würde.

»Ich wusste nichts von dem Kind«, flüsterte Hasana. »Jetzt verstehe ich. Monica hätte ihr Leben nicht riskiert, um einen Vampir zu retten. Aber ein Baby ... Monica musste geglaubt haben, dass es überleben würde.«

»Was ist aus dem Kind geworden?«, brüllte Jessica los. Sie musste sich beherrschen, um Hasana nicht bei den Schultern zu packen und die Information aus ihr herauszuschütteln.

»Ich wusste nichts von einem Kind«, wiederholte Hasana und schüttelte entschuldigend den Kopf. Jessica drehte sich um und kehrte in ihr Gästezimmer zurück. Sie brauchte Zeit zum Nachdenken.

Ihre Mutter. Das Wort schmerzte eine Sekunde lang. Die Frau, die sie aufgezogen hatte, war tot; jetzt war sie durch ein Phantom ersetzt worden, das seine Tochter noch nie gewollt hatte. Jazlyn Raisa.

Jessica lief leise im Zimmer auf und ab, während sie versuchte, ihre Gedanken zu ordnen.

Siete war der Erste der Vampire. Er war uralt, selbst im Vergleich zu Fala, Jager und Silver, und sein Geist war stark genug, um problemlos alles wissen zu können, was Jessica je geschrieben hatte. Sein Blut lief durch ihre Adern, so wie es durch die Adern ihrer Mutter geflossen war, und ihre Verbindung zu ihm war zweifellos so stark wie die zwischen ihm und seinen Zöglingen. Allerdings war sie im Unterschied zu jenen ein Mensch und besaß keine Schutzschilde gegen seinen Geist. Deshalb teilte sie, wenn sie schlief oder vor sich hindämmerte, auch seine Träume und seine Gedanken.

Das Rätsel war endlich gelöst.

Jessicas Blick fiel auf ihren Computer. Ohne sich bewusst dafür zu entscheiden, setzte sie sich hin und schaltete ihn ein, weil sie das tröstliche Summen hören wollte.

Der vertraute Drang ergriff sie. Aber diesmal ignorierte sie das Manuskript, an dem sie gerade schrieb, und begann ein neues, obwohl sie keine Ahnung hatte, wie es enden würde.

Die Nacht ist voller Mysterien. Selbst wenn der Mond am hellsten scheint, liegen überall Geheimnisse verborgen. Dann geht die Sonne auf und ihre Strahlen werfen so viele Schatten, dass der Tag mehr Trugbilder erschafft als die ganzen verschleierten Wahrheiten der Nacht.

Mehrere Stunden und viele Seiten verstrichen, bevor der Strom ihrer Gedanken versiegte. Wer, fragte sie sich, würde es beenden, wenn sie starb?

24

Jessica verspürte das Verlangen, die magiegeschwängerte Atmosphäre des Hauses hinter sich zu lassen; sie schlich sich aus ihrem Zimmer und die Treppe hinunter.

»Wo gehst du hin, Jessica? Ich bin fast fertig mit dem Abendessen.«

Sie erstarrte, als sie Hasanas Stimme hörte, und drehte sich um. Dominique und Caryns Mutter standen gemeinsam im Zimmer nebenan.

»Ich wollte spazierengehen, vielleicht ein Stück in den Wald«, antwortete sie. »Ist daran irgendetwas falsch?«

Hasana seufzte. »Glaubst du wirklich, dass du allein dorthin gehen solltest?« Jessica konnte eine Spur von Verärgerung in ihrer Stimme hören.

»Glaubst *du* wirklich, dass ich im Haus bleiben kann, bis Dominique alle Vampire getötet hat?«, fauchte Jessica zurück. Sie wusste, dass Hasana ihr nur helfen wollte, aber sie fühlte sich wie ein Wolf, der im Schafsstall eingesperrt war.

»Ich könnte zumindest mit ein paar von ihnen fertig werden«, wandte Dominique ein und beobachtete Jessicas Reaktion auf ihre Worte. »Nach einer Weile entscheiden die anderen vielleicht, dass du den Aufwand nicht wert bist.«

»Nachdem du ein Dutzend oder mehr von ihnen *ermordet* hast«, sagte Jessica erstickt. Sie hatte plötzlich ein lebendiges Bild von Aubrey vor Augen, in dessen Herz Dominiques Messer steckte. Sie würde nicht einmal Fala wünschen, dass die Vampirjägerin hinter ihr her wäre.

»Es ist kein Mord, ein Wesen zu töten, das schon vor Tausenden von Jahren gestorben ist«, argumentierte die Jägerin. »Mord ist das, was *sie* jede Nacht tun, wenn sie – wie sogar du weißt – nicht töten müssen, um zu trinken. Mord ist, was sie gestern deiner Mutter angetan haben.«

Jessica trat unwillkürlich einen Schritt auf Dominique zu und spürte den ersten, warnenden Schlag der Jägerin: ein leichtes Brennen auf ihrer Haut, das einen Moment lang aufflackerte und dann verblasste.

Hasana legte eine Hand auf den Arm der Vampirjägerin, um ihre Aufmerksamkeit zu erlangen. »Dominique, ich glaube nicht, dass diese Bemerkung unbedingt notwendig war.«

Dominique seufzte. »Wenn sie mit dir und Caryn in diesem Haus lebt, muss ich wissen, auf wessen Seite sie steht«, entgegnete sie bestimmt. »Also, Jessica?«

»Wenn ich die Wahl zwischen Ihnen und denen treffen muss«, spuckte Jessica ihre Antwort förmlich aus, »dann würde ich jedes Mal die Vampire wählen. Sie behaupten zumindest nicht, dass sie aus moralischen Gründen töten.«

Sie fuhr herum und versuchte die Anspannung zwischen ihren Schultern zu ignorieren, dort, wo sie jede Sekunde die Spitze von Dominiques Messer erwartete.

25

Die Sonne war noch nicht untergegangen, als Jessica ein weiteres Mal die Türschwelle des *Las Noches* erreichte.

Diesmal waren weniger Gäste in dem Raum als bei ihrem letzten Besuch, was vermutlich mit der Tatsache zusammenhing, dass Fala und Aubrey in der Nähe der Bar miteinander kämpften.

Die beiden hielten verblüfft inne, als Jessica eintrat und furchtlos auf sie zukam.

Fala erholte sich als Erste von ihrer Überraschung und schleuderte Aubrey gegen die Bar. Das ekelerregende Geräusch von brechenden Knochen übertönte selbst die laute Musik des Nachtclubs, aber Jessica wusste, dass Aubreys Verletzungen fast augenblicklich wieder heilten.

Fala nutzte allerdings Aubreys Sekunde des Schmerzes, um ihm eine Drohung ins Ohr zu flüstern. Jessica konnte nur das Ende davon hören, als sie näher kam. *Entweder tust du jetzt etwas deswegen oder ich mache es.*

Fala verließ den Club ohne einen weiteren Blick auf Jessica.

Aubrey streckte sich; er hatte sich bereits von dem Angriff erholt. Als er sich zu Jessica herumdrehte, bemerkte sie, wie er nach dem Messer in seinem Gürtel sah. Er schüttelte den Kopf, offenbar weder überrascht noch beunruhigt, dass es verschwunden war.

»Du bist eine Idiotin, weißt du das?«, sagte Aubrey, als Jessica ihn erreicht hatte. »Wir sind beide Idioten.«

»Wie kommst du denn darauf?«, fragte Jessica. Sie ignorierte den Kampf, den sie gerade gesehen hatte; sie wusste, dass sie wahrscheinlich der Anlass dafür gewesen war.

Da sie von dem Marsch in der Sonne ausgesprochen durstig war, überlegte sie einen Moment lang, sich an der Bar etwas zu trinken zu holen, aber sie fürchtete, dass sie sich selbst aus dem Verkehr zog, wenn sie das Falsche wählte. Obwohl es im *Las Noches* nichts gab, was einen Vampir töten konnte, waren nicht wenige der Drinks für einen Menschen durchaus gefährlich.

»Du weißt, dass die meisten meiner Artgenossen nach einem Weg suchen, dich umzubringen – und ganz besonders diejenige, die gerade gegangen ist –, und trotzdem kommst du in der Dämmerung nach Neuchaos«, antwortete Aubrey trocken.

Darüber konnte Jessica nur lachen. »Meine Mutter wurde gestern am helllichten Tag neben einer Kirche getötet. Wenn die Vampire mich wirklich töten wollen, spielt es keine Rolle, wo ich mich aufhalte.«

Sie beschloss, dass sie eine Flasche Wasser wahrscheinlich erkennen würde, und ging hinter die Bar, um danach zu suchen.

»Versuchst du, dich zu vergiften?«, erkundigte sich Aubrey, der sie beobachtete.

»Du kannst mich mal«, gab sie automatisch zurück, ohne darüber nachzudenken, was sie da sagte.

Aber Aubrey verstand es direkt als Einladung. Mit einer anmutigen Bewegung schlang er eine Hand um ihren Hals und zog sie zu sich.

»Ein verlockendes Angebot.« Er fuhr sanft mit dem Daumen seiner freien Hand über ihre Kehle, während er sprach.

»Das machst du sowieso nicht.«

Er beugte sich hinunter und sie spürte seine Lippen an ihrem Hals. *Du kommst gar nicht auf die Idee, dass du Angst haben könntest, nicht wahr?*, fragte er stumm.

Wenn du mich hättest töten wollen, hättest du es längst getan. Sie sagte es nur in Gedanken, wusste aber, dass er sie hören konnte.

Bist du dir da so sicher?

Nein, erwiderte sie. *Aber wenn du mich beißt, dann beiße ich einfach zurück. Und willst du wirklich, dass die Leute hier das mit ansehen?* Sie war sich sehr bewusst, dass ihnen inzwischen eine interessierte Menge zusah.

Ist es das, was du willst?

Jessica verstand Aubreys Frage nicht ganz, aber er musste ihre Verwirrung gespürt haben, denn er fügte hinzu: *Ich habe etwas Ähnliches mit Ather gemacht und wir wissen beide, wie das Ergebnis davon aussah.* Aubrey war kurz nach einem Kampf mit Ather verwandelt worden. Er hatte ihr die Kehle aufgeschlitzt, als sie versuchte, von ihm zu trinken. *Selbst Fala hat mir vorgeschlagen, dich zu verwandeln.*

Du hast Recht, du bist wirklich ein Idiot, bemerkte sie als Antwort darauf. *Und ja, das ist es, was ich will, und das bedeutet, dass du es nicht tun kannst.*

Jessica bezog sich auf die Tatsache, dass Aubreys Blutlinie so stark war, weil jeder Einzelne von ihnen sich gegen die Verwandlung wehrte. Dieser Kampf, der stattfand, während das Blut aus ihnen gesogen wurde, verlieh ihnen ihre Stärke.

Ja, Jessica war mehr als willens, eine von ihnen zu werden. Ihr Hass auf Dominique hatte sie schließlich überzeugt. Aber ihre Bereitschaft bedeutete, dass sie nicht kämpfen würde, und darunter würde ihre Stärke als Vampir leiden. Sie wäre ganz sicher schwächer als Fala. Wenn Aubrey sie jetzt verwandelte, würde es im Grunde darauf hinauslaufen, dass er Fala die Möglichkeit gab, sie zu töten.

Aubrey wusste das alles natürlich selbst und so ließ er sie los, woraufhin sie zwanglos einen Schritt zurücktrat und ihren Rock glatt strich, als wäre die Begegnung ganz normal verlaufen. Er griff über sie hinweg in die Bar und zog eine Flasche hervor. In aller Ruhe nahm Jessica das Wasser entgegen und trank einen Schluck.

26

WAS SOLLTE ER mit der Sterblichen namens Jessica nur tun? Aubrey hatte sich darüber schon früher Gedanken gemacht und er wusste jetzt genauso wenig eine Antwort darauf wie vorher.

Jessica hatte keine Ahnung, wie knapp sie gerade dem Schicksal entkommen war, jeden Tropfen Blut aus ihrem Körper gesaugt zu bekommen. Als er ihren Puls unter seinen Lippen spürte, hätte selbst er beinahe jegliche Selbstkontrolle verloren.

Er musste jagen, aber er zögerte, sie sich selbst zu überlassen. Falas Drohung war ihm noch zu gegenwärtig.

Die Entscheidung wurde ihm abgenommen, als er eine leisen Schrei direkt vor dem Gebäude hörte. Da war jemand in Not, dessen Stimme er gut kannte: Es war die von Kaei. Das Mädchen konnte sich innerhalb einer Stunde in größere Schwierigkeiten bringen als die meisten Menschen in einem ganzen Jahr.

Er nickte Jessica einen stummen Abschiedsgruß zu und eilte nach draußen zu Kaei. Sie konnte eine furchtbare Nervensäge – und Schlimmeres – sein, wenn man sie schlecht behandelte, und sie hatte mehr als ihren gerechten Anteil an Problemen in ihr aller Leben gebracht, aber sie war unerschütterlich loyal gegenüber denen, die sie zu ihren Freunden zählte. Fala würde Jessica wohl kaum inmitten der Gäste angreifen und selbst wenn, war Jessica intelligent genug, sie ein oder zwei Minuten lang aufzuhalten, bis er zurück war. Kaei besaß kein besonderes Talent dafür, sich aus den schwierigen Situationen, in die sie sich manövrierte, auch wieder zu befreien.

Kaum hatte er das Mädchen erreicht, fand er sich auch schon in der Defensive wieder. Ein Schlag, der für Kaei gedacht gewesen war, hatte ihn hart getroffen, zumal er nicht darauf vorbereitet gewesen war. Der mentale Schlag stammte eindeutig von einer Hexe und so lenkte er seine Aufmerksamkeit sofort auf die Angreiferin.

Er fluchte laut, als er Dominique Vida erkannte. Wahrscheinlich war sie Jessica gefolgt und unterwegs Kaei begegnet. Dennoch war das Mädchen an seinen Streitereien mit Hexen in der Regel nicht ganz unbeteiligt.

Als Dominique bemerkte, dass sie einem neuen, sehr viel mächtigeren Gegner gegenüberstand, trat sie ein wenig zurück und nahm Kampfhaltung ein.

Dominique zählte zu den einzigen beiden Vampirjägern, die je einen Kampf gegen einen Angehörigen aus Aubreys Blutlinie gewonnen hatten. Um den anderen hatte sich Aubrey bereits gekümmert, aber niemand war bisher Dominique nahe genug gekommen, um ihr ein Messer in den Leib zu rammen.

Einen Moment lang war er dankbar, dass Fala ihm

vorhin während des Kampfes sein Messer abgenommen hatte. Sonst hätte Dominique es jetzt gegen ihn verwenden können; es war mit der Magie ihrer Vorfahren geschmiedet worden.

Dann fiel ihm Jessica wieder ein. So sehr es ihn auch verlockte, die Konfrontation mit einer so würdigen Gegnerin auszukosten – er hatte keine Zeit, um mit Dominique zu spielen.

Stattdessen tat er das Einzige, was sie garantiert von hier vertreiben würde.

Er verwandelte sich in eine seiner Lieblingsgestalten – einen schwarzen Wolf –, sprang auf Dominique zu und riss sie um. Sie hatte eine so tollkühne Aktion nicht erwartet, was auch der einzige Grund dafür war, dass ihr Messer nur über seinen Bauch fuhr, statt in seinem Herzen zu stecken.

Er biss die Zähne gegen den Schmerz zusammen, als die silberne Klinge seine Haut aufritzte. Die Wunde war nur oberflächlich, aber die Magie in der Klinge ließ sie brennen. Er würde vermutlich eine Narbe zurückbehalten.

Bevor die Hexe sich erholen konnte, brachte er sich und sie weit weg von Neuchaos. Dann ließ er von ihr ab und rannte davon, um den Abstand zwischen ihr und ihm so groß wie möglich werden zu lassen. Sobald er so weit entfernt war, dass sie sich nicht mehr an seine mentale Kraft anhängen und ihm folgen konnte, verschwand er und kehrte er mit dem stummen Gebet, dass Jessica noch dort sein möge, auf den Lippen ins *Las Noches* zurück.

27

Jessica nahm auf dem Rückweg zu Caryn und Hasanas Haus die Abkürzung durch den Wald. Hinter Neuchaos floss ein Bach; er lief durch den Red-Rock-Wald und mündete schließlich im Aqua Pond, dem Teich, nicht weit von dem Haus der Hexen entfernt. Sie folgte dem kleinen Wasserlauf, statt die Straße entlangzugehen. Wie sie schon zu Aubrey gesagt hatte: Wenn jemand sie töten wollte, konnte er es genauso gut im Wald wie auf der Straße oder sonstwo tun. Sie war zu müde, um den längeren Weg zu nehmen.

Einmal hielt sie an, um den Vollmond zu betrachten, dessen Spiegelbild auf der Oberfläche des Flusses tanzte und flackerte. Mitten in diesem friedvollen Moment packte sie jemand von hinten um den Hals.

»Die werte Autorin beehrt mich also mit ihrer Anwesenheit.« Das Mädchen erkannte die spöttische Stimme sofort: Sie gehörte Fala. Jessica konnte den kühlen Atem der Vampirin in ihrem Nacken spüren; er jagte ihr einen Schauer über den Rücken.

»Lass mich in Ruhe«, sagte Jessica, deren Stimme trotz ihrer Angst ruhig klang. Falls Fala beschlossen hatte, sie umzubringen, würde sie sich nicht durch Betteln oder Flehen davon abhalten lassen. Sie würde es vermutlich genießen, aber es würde sie nicht dazu bewegen, weniger zerstörerisch zu sein. Doch wenn sie redete, konnte Jessica vielleicht wenigstens ein bisschen Zeit gewinnen – Zeit, in der es Fala hoffentlich einfach langweilig wurde oder Aubrey auftauchte, der sie dann ebenso hoffentlich zu blutigem Brei schlug.

»Ha!«, rief Fala aus. »Nach all dem Ärger, den du gemacht hast?«

Jessica hatte keine Zeit zu antworten; die Vampirin versetzte ihr einen Stoß und sie fiel beinahe in den eiskalten Bach. Sie wandte gerade rechtzeitig den Kopf, um zu sehen, dass Fala näher kam.

»Du menschliche Idiotin«, sagte Fala höhnisch grinsend. »Du tust so cool, so furchtlos, so ... *wichtig*, als könnte man dich nicht genauso leicht wie jeden anderen Menschen töten. Genau wie deine Mutter ...«

»Was weißt du über meine Mutter?« Jessica spürte, wie bei der Erwähnung ihrer Mutter eine unbändige Wut in ihr aufstieg, und sie sah wieder Anne vor ihrem geistigen Auge – zwar nicht von Falas Hand getötet, aber auf ihre Anweisung hin.

Das Grinsen der Vampirin wurde breiter. »Über Raisa, meinst du?«, fragte sie süß. »Über diese arme, egoistische Halbidiotin, bei der wir uns mehr oder weniger als Babysitter betätigen mussten? Ich war bei der Geburt dabei.« Fala spuckte die Worte aus. »Ich hätte dich auf der Stelle getötet, wenn Siete es mir nicht verboten hätte.«

Jessica wich vor Falas brodelndem Zorn zurück, der sogar ihre Überraschung überdeckte. Also das war der

Grund für ihren Hass. Jessica kannte Fala zu gut, um ihre Reaktion auf Befehle nicht zu verstehen.

Und wieder gab ihr Fala keine Zeit zu reagieren, sondern verschwand einfach. Jessica drehte sich auf der Suche nach ihr um und spürte, wie jemand sie mit aller Kraft an den Haaren riss. Die Vampirin war wieder hinter ihr.

»Hast du je den Begriff ›fairer Kampf‹ gehört?«, bellte Jessica, während sie nach der Hand griff, die sich in ihre Haare krallte, aber sie war hart wie Stahl und ließ sich nicht öffnen.

»Das Leben ist nicht fair und der Tod auch nicht«, antwortete Fala und zog fester. Der harte Griff zwang Jessicas Kopf in den Nacken und entblößte ihre Kehle. »Aber ich werde den Kampf ein bisschen fairer machen ...«

Fala zog ein Messer heraus, das in ihrer engen Kleidung verborgen gewesen war, und hielt es einen Moment vor das Gesicht des Mädchens, bevor sie die Waffe auf die Lichtung warf. Jessica konnte nicht sehen, wo das Messer landete, aber sie hörte den Aufprall, als es einen Baum traf. »Vielleicht gebe ich dir sogar die Chance, es dir zu holen, wenn mir die Sache zu langweilig wird, Jessie.«

»Nenn mich nicht Jessie.« Es war eine automatische Reaktion, die mit einem erneuten Ruck beantwortet wurde, dann folgte der Schmerz, scharf und stark, als Falas Zähne die Haut an ihrer Kehle durchbohrten.

Der Schmerz ließ unglaublich schnell nach und wich einer grenzenlosen Leichtigkeit, als der fünftausend Jahre alte Vampirgeist sich gegen ihren Verstand presste. Fala schlang einen Arm um Jessicas Taille, um sie festzuhalten, aber auch, um sie auffangen zu können, wenn sie schließlich das Bewusstsein verlor.

Jessica fühlte sich schwerelos – wie der Schaum auf dem Kamm einer Welle oder vielleicht eine Feder, die im Wind trieb.

Dann erkannte sie die Falle und eine Ranke aus Furcht bohrte sich in ihr Bewusstsein. Aber wenn sie sich wehrte, würde der Schmerz beginnen; sie könnte einfach hier bleiben und sich ausruhen ...

Bevor sie zulassen konnte, dass Fala ihre Gedanken kontrollierte und sie vom Gegenteil überzeugte, rammte sie der Vampirin einen Ellbogen in den Magen und warf sich im selben Moment zurück, um Fala gegen den Baum hinter sich zu schleudern.

Die Vampirin ließ ihr Opfer mit einem wütenden Zischen los und Jessica rannte über die Lichtung, wohl wissend, dass Falas Verletzung sie nicht länger als ein paar Sekunden aufhalten würde. Sie spürte, wie ein dünnes Blutrinnsal über ihren Hals und auf ihre schwarze Bluse lief, aber die Wunde war höchstwahrscheinlich nicht tödlich. Fala hatte nicht genug Zeit gehabt.

Noch nicht, verbesserte sie sich, als sie den kalten Zorn in den Augen ihrer Gegnerin sah.

»Das *reicht*«, fauchte die Vampirin. »Suchst du nach dem Tod, Jessica? Oder empfindest du gerne Schmerzen?« Jedes Wort sprühte vor Gift. »Ich hätte es dir so viel leichter gemacht, aber du hast den harten Weg gewählt.«

»Ich sterbe vielleicht, aber wer von uns wird morgen die größeren Schmerzen haben?«, zischte Jessica, bevor sie es sich anders überlegen konnte.

»Ich werde sicherstellen, dass du jeden einzelnen Tropfen Leben spürst, wenn es aus deinen Adern fließt«, drohte Fala mit einem heiseren Flüstern, »dass dein Körper schreit, wenn er nach Sauerstoff giert, und dass du die Stille hörst, wenn dein Herz am Ende aufhört zu schlagen.«

Sie packte das Mädchen am Hals und warf es beinahe achtlos gegen den Baum. Als Jessicas mit der rechten Schulter dagegenprallte, presste sie vor Schmerz die Zähne zusammen. Der Knochen war vermutlich nicht gebrochen; Fala würde weitaus Schlimmeres mit ihr anstellen, bevor das hier vorbei war.

»Ich nehme an, du weißt, wovon du redest«, keifte Jessica, deren Wut über ihren gesunden Menschenverstand siegte. »Aus den Tagen in der sandigen, dreckigen Zelle, in der du wie ein Hund angekettet warst. Denn nichts anderes bist du.«

Fala hatte sie fast überwältigt. Jessica schlug mit der Faust gegen Falas Wangenknochen, was die Vampirin jedoch nur für eine Sekunde aus der Fassung brachte, bevor sie Jessicas Handgelenk packte und sie gegen einen anderen Baum warf. Jessicas Hände und Arme prallten als Erstes gegen den Stamm und fingen den Schlag ein wenig ab, doch dann spürte sie, wie ihr Kopf und ihre verletzte Schulter gegen den Baum donnerten und schwarze Punkte vor ihren Augen tanzten. Sie vermutete, dass dies ihre zweite Gehirnerschütterung in ebenso vielen Tagen war.

»Verdammte Sterbliche!«, fauchte Fala. »Du wirst nie wieder aufwachen. Dein Tod wird nichts als der Tod sein. Verstehst du mich? Du bist die Beute und du wirst nie etwas anderes sein. Sterblich ... schwach ... *Beute*.«

Jessica stand unter Schmerzen auf und versuchte, etwas zu erkennen. Sie war viel zu stolz, um Fala wie das schwache Beutetier zu begegnen, als das die Vampirin sie sah.

»Ich weiß, dass du die Gabe hast Schmerz zuzufügen«, murmelte sie. »Aber selbst damit wirst du mich nie zu deiner Beute machen.«

28

Einige Sekunden lang flackerte wilder Zorn in Falas Miene auf, bis ein träges, gefährliches Lächeln daraus erwuchs.

Nimm Vernunft an, Kind, ertönte Falas Stimme, die plötzlich sanft und gespenstisch freundlich klang. Jessica geriet einen Moment lang in Panik, als die Stimme in ihrem Kopf widerhallte – als sie hörte, wie die Worte ihre eigenen Gedanken überlagerten. Dann schwand die Furcht und wich dem Klang dieser kühlen, unwiderlegbaren Stimme.

Ich habe deine Romane gelesen, fuhr Fala ruhig fort. *Du kennst den Unterschied zwischen Raubtier und Beute. Du bist als Mensch geboren und du wirst als Mensch sterben – du bist nichts anderes als Beute.*

Als die Vampirin einen Schritt auf sie zu machte, bewegte sich Jessica ebenfalls vorwärts, ihr entgegen. Fala riss sie wieder an den Haaren, um ihre Kehle zu entblößen, das Mädchen entspannte sich und ließ es zu. Fala gehörte einfach einer höher entwickelten Rasse an, es hatte keinen Zweck, darüber zu streiten. Sie war von Natur aus ein Raubtier.

Und Jessica war einfach ihre Beute ...

Beute?

Dieser letzte Gedanke kam nicht gut an. Im Gegenteil; er brachte das Kartenhaus zum Einsturz, das Fala so sorgfältig im Verstand ihres Opfers errichtet hatte.

Jessica stieß die Vampirin mit beiden Armen zurück und ignorierte den stechenden Schmerz in ihrer rechten Schulter, den die Bewegung auslöste.

»Verschwinde verdammt noch mal aus meinen Gedanken.« Sie spuckte die Worte förmlich aus, ein heiserer Befehl, und Falas Gesichtsausdruck versteinerte sich vor Wut und Unglaube. Jessica hatte jetzt zweimal die Kontrolle durch ihre Gedanken unterbrochen.

»Soweit ich weiß, warst auch du einst ein Mensch, Fala«, fuhr Jessica fort, wobei sie weder auf das Blut, das aus ihren Wunden sickerte, noch auf die schwarzen Punkte achtete, die am Rande ihres Gesichtsfeldes tanzten. »Aber ich muss dich vermutlich nicht an *deine* Erfahrung als Beute erinnern.«

Falas Hand schoss wie eine Peitsche nach vorne, umklammerte Jessicas Kehle, trieb das Mädchen zurück gegen den Baum und raubte ihm den Atem. »Pass auf, was du sagst, Sterbliche. Sonst presse ich deine Nackenwirbel geradewegs durch deine Luftröhre.«

Jessica konnte nicht antworten; sie musste um jeden Atemzug kämpfen. Falas Druck auf ihren Hals ließ nach und sie schleuderte ihr Opfer hart auf den Boden. Heiße Nadeln des Schmerzes bohrten sich durch Jessicas rechten Arm, als sie sich abzufangen versuchte.

»Du hast dir die Falsche für einen Kampf ausgesucht, Jessica«, sagte Fala zu ihr, während sie dicht neben ihrem Kopf auf und ab lief. »Ich liebe nämlich Schmerzen – deine Schmerzen – und ich liebe es besonders, sie zu verursachen.«

»Das nennt man Sadismus und meines Wissens ist das eine psychologische Störung«, murmelte Jessica, während sie sich auf den Bauch rollte, damit sie sich mit dem linken Arm hochstemmen konnte.

Fala trat sie in den Hinterkopf, als Jessica noch auf den Knien kauerte. »Dasselbe gilt für die Neigung zum Selbstmord«, entgegnete sie.

Schwarze und rote Punkte kämpften in Jessicas Kopf um die Überhand, während sie spürte, wie sie an ihrem verletzten Arm auf die Füße gezerrt wurde. Die Welt um sie herum wurde plötzlich unscharf und sie fiel wieder hin.

»Erbärmlich«, hörte sie Fala grunzen.

Langsam und unter großen Schmerzen zog sich Jessica auf die Füße, als die Vampirin davonging, um sich am Wasserlauf hinzusetzen und auszuruhen. Jessica lehnte sich gegen einen Baum, weil sie noch nicht alleine stehen konnte, und tastete ihren Hinterkopf ab. Er war klebrig von ihrem eigenen Blut.

Sobald sie sich in der Lage fühlte zu gehen, suchte sie mit den Augen die Lichtung ab, auf die Fala das Messer geworfen hatte. Sie entdeckte es in einem Baumstamm und schwankte darauf zu. Als sie ihre Hände um den Messergriff legte und es aus dem Baumstamm riss, biss sie sich auf die Lippen, um einen Schrei zu unterdrücken. Durch beide Arme schoss ein brennender Schmerz.

Sie erkannte das Messer als das von Aubrey und war

überrascht, dass Fala es ihm hatte stehlen können. Obwohl es ein einfaches Messer war, konnte man es nicht verwechseln: Das Wort *Fenris* war in den Griff geritzt. Jessica wusste um die Verletzungen, die diese Klinge im Fleisch eines Vampirs verursachen konnte – der Vampirjäger, der sie einst schmiedete, hatte seine ganze giftige Magie in das Silber gebrannt. Das Messer fühlte sich in ihrer Hand fast lebendig an und sie spürte, wie seine Magie durch ihren Arm fuhr. Der Schmerz ließ etwas nach.

Da sie noch nie in ihrem Leben ein Messer als Waffe benutzt hatte, hegte Jessica nur wenig Hoffnung, Fala tödlich zu verwunden, aber vielleicht könnte sie ihre Gegnerin ausreichend verletzten, um sie zu vertreiben.

Jessica steckte das Messer locker in den Baum, als sie im Geiste langsam einen Plan entwickelte.

»Du kannst also wieder laufen«, seufzte Fala, die nur Sekunden, nachdem Jessica sich von dem Baum entfernt hatte, vor ihr auftauchte. »Ich habe offensichtlich nicht hart genug zugeschlagen.«

Jessica wich in Richtung des Baums zurück, wobei sie ihren rechten Arm schützte. Den verletzten Vogel zu spielen war ein alter, aber wirkungsvoller Trick. Fala würde das Messer nicht als Bedrohung ansehen, weil es Jessica unmöglich mit einer Hand – noch dazu in ihrem Rücken – aus dem Baum ziehen könnte.

Fala machte einen weiteren Schritt nach vorne und Jessica tastete hinter sich, während sie weiter zurückwich. Ihre Hand schloss sich um das Messer, aber bevor sie es einsetzen konnte, packte Fala sie und riss sie nach vorne.

Jessica wurde durch die plötzliche Bewegung schwindelig und im nächsten Moment fühlte sie, wie Falas Zähne sich zum dritten Mal in ihren Hals bohrten.

Dieses Mal gab sich Fala keine Mühe, es Jessica leicht zu machen. Der Schmerz setzte sofort ein und wurde weder durch Falas Gedanken gesteuert noch durch eine Spur von Sanftheit gelindert.

Obwohl Jessica so oft darüber geschrieben hatte, war sie nicht darauf vorbereitet. Der Schmerz in ihrem Kopf und ihren Armen war nichts im Vergleich zu dem brennenden, erstickenden Gefühl, das diese jetzt unbedeutenden Verletzungen überdeckte. Obwohl sie sich zu beherrschen versuchte, hörte sie ihre eigene Stimme, als sie einen nutzlosen Schrei ausstieß.

Ihr wurde schwarz vor Augen, aber sie schaffte es, gegen die Bewusstlosigkeit anzukämpfen, während sie sich mit einem Arm aus Falas Griff losriss.

Die Vampirin bewegte sich ein wenig und Jessica fühlte sich, als wäre ihr gerade die Haut abgezogen worden; sie stöhnte vor Schmerzen, als ihre Knie unter ihr nachgaben, aber irgendwie gelang es ihr mit letzter Kraft, nach dem Messer zu tasten.

Sie brachte die Waffe in hohem Bogen vor sich, und obwohl sie völlig geschwächt war und nicht genug sehen konnte, um zu zielen, streifte die Klinge Fala und schlitzte ihr den Arm auf.

Für einen Menschen wäre die Wunde sicher tödlich gewesen. Und wäre Fala schwächer gewesen, dann wäre sie vielleicht auch gestorben. Immerhin war sich Jessica sicher, dass es wahnsinnig weh tat.

Die Vampirin schrie vor Wut und Schmerz auf und schlug Jessica hart gegen die linke Seite ihrer Brust. Das Mädchen hörte die Knochen brechen und wurde rückwärts gegen den Baum geschleudert, wobei es sich erneut an der Kopfwunde verletzte.

Fala schmiegte den Arm gegen ihre Brust und verschwand. Das war alles, was Jessica sehen konnte, bevor sie das Bewusstsein verlor.

29

F ALA KONNTE IHREN G EIST zu gut abschirmen, als dass Aubrey sie hätte finden können, und weder Jager noch Moira waren bereit, ihm zu helfen.

Nur zwanzig Minuten waren seit dem Zusammenstoß mit Dominique vergangen, aber er wusste sehr gut, welchen Schaden Fala auch in so kurzer Zeit anzurichten vermochte. Er hatte seitdem unermündlich nach Fala gesucht und sich Vorwürfe gemacht, weil er Jessica allein gelassen hatte. Er hatte sich nicht einmal darum gekümmert, sein von Dominiques Messer blutiges Hemd zu ersetzen, sondern es einfach irgendwo in den Müll geworfen.

Nun lief Aubrey in Falas Zimmer auf und ab, wo er auf ihre Rückkehr wartete, während er sich die ganze Zeit vorstellte, wie er sie mit völlig neuen Schmerzen vertraut machen würde, falls sie Jessica getötet hatte.

Als die Vampirin schließlich ihr Zimmer betrat, sah sie ziemlich mitgenommen aus. Sie hatte eine lange Schnittwunde am Arm, aus der immer noch Blut tropfte, während sie sich langsam schloss. Fala zitterte, allerdings konnte Aubrey nicht erkennen, ob vor Schmerz, Kälte oder Wut.

»Zur Hölle mit euch beiden«, knurrte sie, als sie ihn entdeckte. »Verschwinde aus meinem Zimmer oder ich reiße dir das Herz heraus und füttere eigenhändig Ahemait damit.«

Ihrer schlechten Laune nach zu urteilen, könnte sie es durchaus versuchen. Ahemait war die ägyptische Totenfresserin. Wenn Fala auf die Mythologie ihrer menschlichen Vergangenheit zu sprechen kam, ging man ihr am besten aus dem Weg.

Stattdessen antwortete Aubrey auf ihren Zorn mit seinem eigenen.

Er schloss eine Hand um ihre Kehle und stieß Fala mit solcher Kraft gegen die Wand, dass er ihre Luftröhre brechen hörte. Die Verletzung würde rasch heilen, aber er sah ihr an, dass Fala den Schmerz trotz ihrer Vorliebe dafür nicht zu schätzen wusste.

Sie schleuderte ihm einen Strahl ihrer Macht entgegen und er stolperte einen Schritt zurück. Er konnte sich gerade noch ducken, als sein eigenes Messer auf ihn zuflog. Die Klinge blieb in der Wand stecken.

»Was hast du mit ihr gemacht?«, fragte er aggressiv.

»Nur das, was *du* schon vor einer Woche hättest tun sollen!«, fauchte die Vampirin.

Diesmal stolperte Fala, als Aubrey nach ihr schlug. Seine Wut verlieh ihm noch mehr Kraft. »Wo ist sie?«, fragte er mit leiser, kalter Stimme.

Die Vampirin lachte. »Erwartest du wirklich, dass ich dir das sage?«

Aubrey hielt ihren Blick fest und schwieg einen Moment, bevor er antwortete. Er sah, wie ihr Gesichtsausdruck sich veränderte, als sie den vollkommenen, brennenden Zorn in seinen Augen las. »Ja.«

»Sie ist irgendwo am Bach«, keifte Fala. Sie war klug genug zu erkennen, dass es keine gute Idee wäre, im Moment mit ihm zu kämpfen. »Ich hoffe, dass die Krähen sie inzwischen gefunden haben.«

Aubrey verschwand und brachte sich an den Rand von Neuchaos, wo der Bach vorbeiplätscherte.

Wieder verwandelte er sich in einen Wolf, eine Kreatur, die sich schneller und sicherer durch den Wald bewegen konnte. Er folgte dem Wasserlauf und brauchte pro Meile nur wenige Minuten. Schließlich witterte er keine zwei Meilen von Neuchaos entfernt Jessicas Geruch und brachte sich augenblicklich an ihre Seite.

Jessica war kreideweiß, sie atmete flach und unregelmäßig und ihr Herz schlug abwechselnd zu schnell oder schien ganz innezuhalten.

Sie lebte, aber sie würde nicht mehr lange durchhalten, und er wusste nicht, wie er ihr helfen sollte. Dreitausend Jahre des Tötens hatten ihn nichts darüber gelehrt, wie er diese Art von Schaden wieder aufheben könnte.

Nach einem Moment des Zögerns, in dem er seinen Stolz herunterschluckte, verließ er Jessica und tauchte vor Hasana und Caryn Smokes Haus wieder auf. Er konnte Caryns Magie, die sogar noch stärker als die ihrer Mutter war, selbst außerhalb des Hauses spüren.

Hätte er nicht alle seine Götter vor langer Zeit getötet, dann hätte Aubrey jetzt gebetet, dass Caryn bereit wäre, ihm zu helfen. Er brachte sich nervös an ihre Seite.

30

CARYN WÄRE BEINAHE vor Angst in Ohnmacht gefallen, als Aubrey plötzlich in ihrem Zimmer erschienen war, aber seine hastige Erklärung hatte all ihre Sorgen beiseite geschoben und die disziplinierte Heilerin in ihr hervorgerufen. Seit fast einer Stunde war sie jetzt bei der Arbeit.

Zwar entstammte sie der ältesten Blutlinie von Heilern auf der ganzen Welt, doch auch ihre Fähigkeiten hatten ihre Grenzen.

Sie war völlig erschöpft. Ihre Kleidung war tropfnass, weil sie versehentlich in den Bach gefallen war, und ihr Herz schlug fast doppelt so schnell wie normalerweise. Ihr Gesicht war tränenverschmiert, als sie rituelle Lieder intonierte und ihre linke Hand mit der Handfläche nach unten über Jessicas Herz hielt, um dringend benötigte Lebensenergie in das sterbende Mädchen zu leiten. Ihre andere Hand war ständig in Bewegung – mal strich sie beruhigend über Jessicas Stirn, hielt ihre Hand oder zog Kraft aus der Erde.

Jessicas Herz hatte einige Minuten lang gleichmäßig geschlagen, aber jetzt setzte es einen Schlag lang aus, woraufhin Caryn schmerzvoll keuchte und aufhörte zu singen.

»Ich kann das nicht.« Erneut strömten Tränen über ihr Gesicht.

»Soll ich Hasana holen?«, schlug Aubrey vor. »Vielleicht kann sie ...«

»Das wird sie nicht«, unterbrach Caryn ihn, die sich an die Wut ihrer Mutter erinnerte, als Jessica gestern das Haus verlassen hatte. »Sie hasst deine Art und bezeichnet Jessica als Verräterin der menschlichen Rasse. Monica hätte ihr geholfen; sie wäre dazu in der Lage gewesen. Aber ich schaffe es einfach nicht. Ich kann sie nicht retten und selbst wenn ich es versuche, setze ich mein Leben aufs Spiel.«

»Gibt es nicht sonst noch jemanden?«, fragte Aubrey verzweifelt.

»Vida würde sie umbringen«, antwortete Caryn, »und Light ist tot.« Sie warf Aubrey einen scharfen Blick zu; sie wusste, dass seine Artgenossen Lila getötet hatten, die letzte Angehörige der Light-Linie. »Alle anderen sind zu schwach. Wer immer hierfür verantwortlich ist, hat Jessica eine Rippe gebrochen und jetzt ist einer der Lungenflügel voller Blut. Sie wird bald daran ersticken. Außerdem ist sie so gut wie leergesogen. Es ist fast ein Wunder, dass ich ihr Herz überhaupt zum Schlagen bringe. Außerdem hat sie mindestens ein Dutzend kleinerer Verletzungen ... Ich weiß nicht, ob irgendein Mittel der Magie oder der Wissenschaft sie heilen kann.«

Caryn blickte Aubrey flehentlich an, in der Hoffnung, er wüsste etwas, das sie nicht kannte.

Er wusste nichts, was sie hören wollte. »Ich kann zwar töten, aber ich kann nicht heilen«, seufzte er.

»Ich habe ihr mein eigenes ... ich weiß nicht, wie ich es nennen soll, *Leben* eingehaucht, aber wenn ich damit weitermache, werden wir beide sterben. Außer einer Arun gibt es keine Hexe, die das überleben kann, und die Arun sind Halbvampire ...«

Caryns Stimme verlor sich, als ihr klar wurde, dass sie geschlagen war.

»Ich kann es.«

Sie sah Aubrey einen Moment lang verständnislos an.

»Wenn Fala ihr nicht gerade das Herz herausgerissen hat, sind ihre sonstigen Verletzung relativ unbedeutend für mich«, erläuterte er.

Schließlich verstand Caryn. Sie hatte schon früher Lebenskraft von anderen Hexen umgeleitet. Wenn sie die Energie eines Vampirs nahm und sie Jessica gab ... würde sie das heilen?

Vielleicht.

»Ich könnte dich aus Versehen umbringen«, warnte sie ihn.

»Ich habe lange genug gelebt.«

»Dafür werde ich ohne jeden Zweifel verstoßen werden«, murmelte sie und hoffte, dass ihre Mutter irgendwie einen Weg finden mochte, ihr zu vergeben. »Komm an meine rechte Seite«, forderte sie Aubrey auf.

Nachdem er sich neben sie gestellt hatte, legte Caryn ihre rechte Hand dicht über Jessicas Herz, eines der drei stärksten Energiezentren. Für eine Heilung war das Herz am besten.

Es gibt keine Worte, um genau zu beschreiben, was sie als Nächstes tat. Ihre eigenen Energiezentren waren geöffnet, sie ebneten den Weg von Aubrey zu Jessica, und als sie jetzt Aubreys Lebenskraft anzapfte ...

Sie keuchte, als die Macht durch sie hindurchfloss. Das war das einzig richtige Wort dafür. Nicht Leben, nicht *Chi*, wie Hasana es nannte, oder einfach Energie, wie Monica es ihr beigebracht hatte, sondern absolute, ungehemmte *Macht*. Kein Wunder, dass sein Geist so stark war ...

Caryn zwang sich dazu, die Macht zu kontrollieren – wozu es all ihrer jahrelangen Erfahrung bedurfte –, und konzentrierte sich dann darauf, sie Jessica zuzuführen.

Auch die Aura des Mädchens war stark und Caryn war nicht überrascht, ein paar Vampirspuren darin zu entdecken. Sie leitete Aubreys Macht zu Jessicas Verletzungen, wo deren Aura am schwächsten war.

Als Erstes beschäftigte sie sich mit dem Riss in Jessicas Schädeldecke. Er schloss sich innerhalb von Sekunden und das Blut, das sich darunter gesammelt hatte, wurde von den Adern aufgesogen, als sie sich reparierten.

Als Nächstes war die Lunge an der Reihe. Das Organ kollabierte erst und begann dann neu zu wachsen – erst klein wie bei einem Kind, entfaltete es rasch seine volle Größe. Auch die Rippe heilte in wenigen Momenten.

Der Rest von Jessicas Körper gesundete ebenso schnell, einfach durch den Überfluss an Energie. Caryn war froh darüber, denn sie wurde langsam schläfrig. Wie konnte sie nur so erschöpft sein, wenn all diese Macht durch sie hindurchfloss?

Sie vermied es darüber nachzudenken, was dieser Prozess für sie selbst bedeutete. Sie kannte nur eine einzige

Geschichte, in der jemand eine Vampiraura umgeleitet hatte: Midnight Smoke, die Mutter von Ardiente Arun, hatte die Aura eines Vampirs in sich selbst umgeleitet, um einen Menschen vor der Verwandlung in einen Vampir zu bewahren. Seitdem trugen alle Nachfahren von Midnight Vampirmerkmale in sich. Ardiente und Midnight hatten sich von der Blutlinie gelöst, in die sie geboren worden waren, und die Arun-Linie gegründet. Caryns Verwandte hatten hingegen die Smoke-Linie weitergeführt.

Caryn fühlte sich schwindelig. Sie konnte nun nichts mehr für Jessica tun; wenn es bis jetzt nicht genug war, dann würde nichts helfen. Rasch schloss sie Aubreys Energiezentren und dann ihre eigenen, wobei ihr bewusst war, dass sie vermutlich alle drei sterben würden, wenn es ihr nicht gelang, bevor sie das Bewusstsein verlor.

Mit geschlossenen Augen konzentrierte sie sich wieder auf Jessica, um herauszufinden, was noch zu tun war.

Zwar war Jessicas Körper fast wiederhergestellt, doch war sie immer noch viel zu sehr Mensch. Die frisch verheilten Stellen brauchten zur Unterstützung mehr Blut, als sie hatte. Fala hatte sie fast völlig leergesogen.

»Wir sollten sie in ein Krankenhaus bringen oder sie wird trotzdem sterben«, sagte Caryn mit schwankender Stimme. »Sie braucht Blut.«

Aubrey blickte einen Augenblick lang auf und in seinen schwarzen Augen, die sich zuerst auf Caryn und dann ihren Hals richteten, lag keinerlei Wärme. Sie merkte deutlich, wie viel Mühe es ihn kostete, den Blick abzuwenden.

Er war nicht mehr länger der umwerfend attraktive Unsterbliche von einst. Er war blasser als je zuvor und seine Augen starrten ins Leere. Irgendwie sah er aus, als wäre er ebenso ausgeblutet wie Jessica. Aber Blut und Energie waren bei seiner Art ja auch beinahe dasselbe.

Caryn legte sich hin, als die Müdigkeit sie erneut überkam, und sah schweigend zu, wie Aubrey versuchte, Jessica zu wecken.

31

Jessica konnte wegen der Schmerzen in ihrer Brust kaum atmen. Jeder Muskel in ihrem Körper war verkrampft und sie zitterte vor Kälte.

Jessica! Sie erkannte Aubreys Stimme in ihrem Kopf, obwohl sie ihn noch nie so verzweifelt erlebt hatte.

Langsam kämpfte sie sich in die Welt des Bewusstseins vor.

Nein, nicht tot ... es würde nicht so wehtun, wenn ich tot wäre, dachte sie unkonzentriert. Es fiel ihr schwer, einen zusammenhängenden Satz zu formen.

Aubrey schaffte es, ihre Aufmerksamkeit wieder auf ihn zu lenken. *Noch nicht tot,* sagte er schnell und brutal. *Aber du wirst es bald sein, wenn wir nichts unternehmen.* Er schwieg einen Moment und schüttelte sie ein wenig, damit sie nicht wieder wegdämmerte.

Vorsicht. Ich bin mir nicht sicher, ob der Arm richtig fest sitzt, antwortete sie, als ihr trockener Humor langsam zurückkehrte.

Ich kann dich in ein Krankenhaus bringen, wo sie dir Blut geben werden. Wahrscheinlich bleibt uns noch Zeit, sagte Aubrey zu ihr. *Oder, wenn du willst – ich weiß, dass du das mal gesagt hast –, kann ich dir meins geben.*

Wenn sie genug Luft dazu gehabt hätte, hätte sie gelacht.

Wollte sie eine Vampirin sein? In Neuchaos leben, in der Gemeinschaft, die seit Jahren ihr Dasein bestimmte, mit Aubrey zusammen sein, dem Einzigen, bei dem sie sich je wirklich entspannt gefühlt hatte, niemals wieder Beute sein?

Dann gab es als Bonus auch noch Unsterblichkeit und die verführerische Idee, Fala zu einem blutigen Fleck an der Wand zu schlagen.

Brauchst du darauf wirklich eine Antwort?, fragte sie schließlich und hörte, wie Aubrey vor Erleichterung seufzte.

Natürlich wäre sie die Erste in seiner Linie – in *ihrer* Linie, verbesserte sie sich, als ihr einfiel, dass sie bald ein Teil davon sein würde –, die gefragt worden wäre. Sie alle waren aus den verschiedensten Gründen verwandelt worden: aus einer Laune heraus, aus Rache, Hass oder aus Liebe. Aber keiner von ihnen hatte je die Wahl gehabt.

Jessica lächelte trocken, als sie daran dachte, was für einen Gefallen Fala ihr unwissentlich getan hatte. Sie hatte um ihr Leben gekämpft, als Fala ihr Blut getrunken hatte, und nun konnte sie sich frei entscheiden, als Aubrey ihr seines anbot.

Aubrey nahm sein Messer – dasselbe, das er vor Jahren benutzt hatte, um Athers Blut zu vergießen, als sie ihn verwandelte. Er zog sich die Klinge unter seinem Kehlkopf über den Hals und hob Jessica an, damit sie trinken konnte.

Sie kannte diesen Moment im Leben all ihrer Vampirfiguren, hatte ihn mit Worten beschrieben und in ihren Träumen gespürt. Aber sie hatte es nie ganz verstanden.

Während sie trank, schloss sie die Augen und gab sich ganz dem süßen Geschmack und dem Gefühl hin, das ihn begleitete. Es gibt kaum Worte, um die alles überwältigende Macht zu beschreiben, die sie wie ein blauer Blitz erfüllte, in jede Zelle ihres Körpers drang und alles veränderte, was sie berührte.

Jessica versuchte, sich an diese Empfindung zu klammern, aber eine sanfte Taubheit begann wie die ersten Ranken des Schlafs über ihre Haut und ihren Geist zu kriechen. Sie war sich nur undeutlich der Tatsache bewusst, dass ihr Herzschlag sich verlangsamt und schließlich ausgesetzt hatte, und sie begriff nur vage, dass sie nicht mehr atmete. Die unvermeidliche Schwärze des Todes legte sich schleichend über sie und sie gab sich ihr bereitwillig hin, weil sie darauf vertraute, dass sie bald erwachen würde.

Jazlyn tat in den ersten Tagen immer alles weh, aber selbst dieser Schmerz war ihr eine willkommen Erinnerung daran, dass sie lebte.

Als Erstes ging sie in die Kirche, den Ort, in den sie sich seit dem Tag ihrer Verwandlung nicht mehr gewagt hatte. Der Priester segnete sie und nahm ihr die Beichte ab, die sie verkürzte, um seine geistige Gesundheit nicht zu gefährden.

Sie glaubte, dass ihr eine zweite Chance gegeben worden war – eine Chance, das Leben der Dunkelheit und des Bösen hinter sich zu lassen. Als das Kind kam – Carls Kind, das sie schon vor vielen Jahren hätte zur Welt bringen sollen –, dachte sie, dies sei ein Zeichen dafür, dass ihr vergeben worden sei.

Stattdessen erinnerte das Kind sie immerzu an ihre Vergangenheit. Jessica war makellos, wunderbar ... und von der Nacht überschattet. Sie sah überhaupt nicht wie Carl oder Jazlyn aus; dafür besaß sie Sietes helle Haut, seine schwarzen Haare und seine smaragdgrünen Augen.

Wenn diese Augen jemanden musterten, konnten sie die dunkelste Seite seiner Seele erkennen.

Jessica hatte länger als zwanzig Jahre in Jazlyn Gebärmutter verbracht und war nur von Sietes Blut am Leben erhalten worden. Sie war eher sein Kind als Jazlyns.

Völlig ausgeschlossen, dass Jazlyn dieses Kind großziehen würde, das sie an jedes schmerzliche Detail ihrer Vergangenheit erinnerte. Kein Kind verdiente eine Mutter, die außerstande war, sein rabenschwarzes Haar zu kämmen oder in seine Edelsteinaugen zu blicken, ohne zu schaudern.

Jazlyn gab das Kind zur Adoption frei, damit es liebende Eltern finden würde, die nur Sonnenschein und Fröhlichkeit kannten. Jessica verdiente so ein Leben; sie hatte nichts verbrochen.

Jazlyn betete, ihr Kind möge nie von der Dunkelheit seiner Vergangenheit berührt werden.

32

Jessicas Herz hatte aufgehört zu schlagen. Ihr Gesicht war fast weiß und so kühl wie die Herbstluft, die sie umgab. Sie war nur wenige Augenblicke zuvor gestorben, als Aubreys Blut in ihre Adern geflossen war. Widerstrebend hatte er ihre Seite verlassen, um nach Caryn zu sehen.

Caryn atmete langsam und tief, und abgesehen von dem katatonischem Schlaf, in dem sie sich offenbar befand, schien es ihr gut zu gehen. Im Moment war sie mehr von Aubreys Blutdurst bedroht als von allem anderen.

Fast ohne darüber nachzudenken brachte er die beiden Mädchen und sich in sein selten benutztes Haus in Neuchaos, wo sie niemand stören würde. Im Wald gab es zu viele Raubtiere, um sie dort allein zu lassen, und er wusste nicht, was Caryn ihrer Mutter erzählen wollte.

Er trug Caryn in das einzige Zimmer ohne Vorhänge an den Fenstern, weil er wusste, dass keine Hexe je aufwachen wollte, ohne die Sonne oder die Sterne sehen zu können. Jessica hingegen ließ er in einem Zimmer zurück, in dem schwere, blickdichte Vorhänge die Sonne aussperrten, während sie schlief.

Dann, bevor die Mischung aus Caryns und Jessicas Blutgeruch seine normalerweise eiserne Selbstkontrolle brechen konnte, machte er sich auf die Suche nach seinem Abendessen. Nachdem er getrunken hatte, kehrte er nach Hause zurück, um über die beiden Mädchen zu wachen, und endlich erlaubte er seinen Gedanken, sich mit anderen Dingen zu beschäftigen.

Zum Beispiel mit der Vorstellung, auf wie viele Arten er Fala filetieren könnte. Oder auch, auf wie viele Arten er Fala filetieren *würde*.

Eine Stunde vor Sonnenuntergang riss Aubrey sich von Jessica los. Er musste sich mit Fala auseinandersetzen, bevor das Mädchen aufwachte.

Er erschien direkt hinter der Vampirin in ihrem Zimmer, sein Messer an ihrer Kehle, sein Geist wie eine Eisenkralle um ihren geschlungen, um sie ruhig zu halten.

»Ich hoffe, dass sie dich *sehr* gut aufgeschlitzt hat«, zischte er und presste die Klinge ein wenig stärker gegen ihre Kehle.

»Und ich hoffe, dass sie sehr, *sehr* tot ist«, gab Fala zurück, aber ihre Stimme war sanft, um den Druck des Messers nicht noch zu verstärken. Trotz ihrer Vorsicht bildete sich eine dünne Linie aus Blut auf ihrer dunklen, ägyptischen Haut. »Falls nicht, werde ich diesen Fehler schleunigst beheben.«

»Das würde ich dir nicht empfehlen«, drohte er. Wenn man bedachte, wie der letzte Kampf verlaufen war, würde Jessica das nächste Mal vielleicht gegen Fala gewinnen.

»Sie hat mich zum Bluten gebracht, Aubrey«, erwiderte Fala. »Ich habe nun ein Recht auf sie und du kannst mich nicht davon abhalten, danach zu handeln.«

Was er für Jessica getan hatte, wäre illegal gewesen, wenn Fala ihren Stolz bezwungen und zugegeben hätte, dass Jessica sie verletzt hatte. Stattdessen hatte sie bis jetzt gewartet, um sich auf ihr Blutrecht zu berufen, doch jetzt war es zu spät.

»Das Gesetz gilt nur, solange sie ein Mensch ist«, antwortete er kalt.

Dann wurde seine Aufmerksamkeit abgelenkt, als er eine vertraute Präsenz direkt vor der Tür wahrnahm.

Jessica hatte sich das Blut abgewaschen, aber ihre Blässe war ein deutliches Zeichen dafür, dass sie immer noch trinken musste.

»Halte sie nicht ab«, sagte Jessica. Aubrey ließ Fala los, blieb aber bei ihr stehen; das Mädchen war ganz sicher nicht stark genug, die Vampirin jetzt in einem Kampf zu besiegen, zumal es noch nicht einmal getrunken hatte. Trotzdem ging es ruhig auf Fala zu und musterte seine Gegnerin verächtlich. »Von einem Menschen verletzt zu werden ... was für ein Schlag muss das für deinen Stolz gewesen sein.«

Fala stöhnte, aber sie beherrschte sich, Jessica anzugreifen, wenn Aubrey unmittelbar daneben stand.

»Ich verspüre nicht das geringste Verlangen, mit dir zu kämpfen«, sagte Jessica schlicht, fast hoheitsvoll.

Falas Augen wurden schmal, aber sie antwortete nicht sofort. Aubrey wusste, dass die Vampirin sich ebenso gut wie er ausmalen konnte, wie stark Jessica wäre, sobald sie getrunken hätte.

»Aber«, fuhr das Mädchen ebenso ruhig fort, »wenn du jemals jemanden verletzt, der mir etwas bedeutet, oder mir zu nahe kommst, wirst du sehr schnell herausfinden, wie viele interessante Geschichten über deine Vergangenheit ich noch zu erzählen habe.«

Sie wartete nicht auf Falas Reaktion. Sie verschwand einfach, vermutlich, um zu jagen.

33

Als Jessica kurz nach Neuchaos in Aubreys Haus zurückkehrte, war ihre blasse Haut von dem Blutmahl, das sie nur wenige Minuten zuvor in einem schmuddeligen Viertel von New York eingenommen hatte, gerötet.

Aubrey räkelte sich auf einem der Sofas im Wohnzimmer, als sie hereinkam. Er stand auf und schlenderte auf sie zu. »Caryn ist nach Hause gegangen, aber sie hat das hier für dich dagelassen«, sagte er und gab ihr einen Brief.

Jessica überflog Caryns Zeilen – ein langer, schwafelnder, sentimentaler Abschiedsbrief. Sie achtete darauf, ihre eigenen Gefühle zu verbergen, während sie sich still von der Person verabschiedete, die wahrscheinlich ihre letzte Verbindung zu der Welt der Sterblichen gewesen war.

»Außerdem«, fügte Aubrey zögernd hinzu und warf einen Blick Richtung Tisch, auf dem jetzt Jessicas Computer stand, »wollte sie, dass ich dieses Ding herbringe.«

Jessica lächelte boshaft. Wie harmlos das Gerät aussah – schlichtes, helles Plastik ohne einen einzigen Kratzer, der einen Hinweis darauf geben könnte, wie viel Durcheinander Jessica mit seiner Hilfe angerichtet hatte.

Sie ging zu dem Tisch hinüber und strich liebevoll über die Oberfläche des Laptops.

Aubrey war ihr gefolgt. »Brauchst du das wirklich?«

»Ohne kann ich nicht schreiben«, antwortete sie. Sie versuchte so unschuldig wie möglich auszusehen, bevor ein schalkhaftes Lächeln ihr Gesicht überzog.

»Du verbringst dein ganzes Leben damit, Ärger zu machen, was?«

»Das Leben ist nichts wert ohne ein bisschen Chaos, das es interessant macht.« Sie drehte sich zu ihm um, hob den Blick und funkelte ihn herausfordernd an. »Was willst du deswegen unternehmen?«

München, im Jahr 1319: Unheil braut sich über der aufstrebenden Stadt zusammen. Eine Serie grausamer Morde erschüttert die Bürger. Gerüchte von Wiedergängern und schändlicher Zauberei verbreiten Angst und Schrecken. Zwei junge Isar-Flößer gehen schließlich den dubiosen Mordfällen auf eigene Faust nach. Und die beiden Detektive stoßen bei ihrer Suche nicht nur auf rätselhafte Psalmen, Schadenzauber und eine unheimliche Wachsfigur, die von Nägeln durchbohrt ist – sie erkennen auch, daß König Ludwig in höchster Gefahr schwebt ...

Ein fesselnder Historienschmöker vor der faszinierenden Kulisse des mittelalterlichen München.

»Ein Roman, der durchaus mit Ecos ›Der Name der Rose‹ verglichen werden kann.«
WAZ

Richard Rötzer

Der Wachsmann
Roman

Econ | ULLSTEIN | List